大薛

李景学 ◎ 著

百花洲文艺出版社
BAIHUAZHOU LITERATURE AND ART PRESS

图书在版编目（CIP）数据

大薛 / 李景学著. –– 南昌：百花洲文艺出版社,2020.10（2021.6重印）
ISBN 978-7-5500-3813-4

Ⅰ.①大… Ⅱ.①李… Ⅲ.①自传体小说 – 中国 – 当代 Ⅳ.①I247.5

中国版本图书馆CIP数据核字（2020）第159561号

大薛

李景学　著

出 版 人	章华荣	
责任编辑	杨　旭	
书籍设计	彭　威	
制　　作	何　丹	
出版发行	百花洲文艺出版社	
社　　址	南昌市红谷滩新区世贸路898号博能中心一期A座20楼	
邮　　编	330038	
经　　销	全国新华书店	
印　　刷	南昌市红星印刷有限公司	
开　　本	710mm×1000mm 1/32　印张 6.875	
版　　次	2020年9月第1版第1次印刷	
	2021年6月第1版第2次印刷	
字　　数	126千字	
书　　号	ISBN 978-7-5500-3813-4	
定　　价	46.00元	

赣版权登字　05-2020-132
邮购联系　0791-86895108
网　　址　http://www.bhzwy.com
图书若有印装错误，影响阅读，可向承印厂联系调换。

自序：含泪忆母亲

暮年，

很多事模糊了，

只有对母亲的记忆，

越来越清晰！

母亲的脚，

比别人要小，

不像裹脚的那样小，

是挣脱裹脚的代表！

母亲读过私塾，

受过旧文化的熏陶，

坚守三纲五常，
深信孔孟之道！

母亲没去工作，
哺育我们兄妹四个，
六十年代响应号召，
由家属变成了老乡！

母亲手很巧，
能把羊肚手巾做成童帽，
送给乡里乡亲的婴儿，
常有陌生客带着手巾拜访！

母亲会织布，
几位老乡凑在一起，
把棉花变成家织布，
使自己的孩子不光屁股！

母亲会做饭，
能把榆树皮做成疙瘩汤，
能把野菜做成菜团子，
能把地瓜面做得很香！

母亲有胆石症，
乡医对胆结石一无所知，
用尽了折磨人的土方子，
但一直心口疼！
……

母亲知道择邻处，
懂得读书的重要，
教我三字经百家姓，
常讲头悬梁锥刺股！

母亲会珠算，
我学前就会小六九，

到现在，

还能滚瓜烂熟！

母亲准备了羊皮褥子，

留给我去山外读书，

尽管读书变得渺茫，

却从未挪用！

母亲的信念，

在77年恢复高考时，

得以实现，

我扛着羊皮褥子走出大山！

母亲总是，

站在家门口的台阶上，

望着我离去，

步行，骑车，驾车！

……

目 录

童　年

1959年大年初一，我5岁，我弟4岁。我家住在薛杖子，我叫大薛，我弟叫二薛。

薛杖子是兴隆沟大队的第七小队。大人们说兴隆沟有七沟十八叉，叉叉有人家。薛杖子是大队部所在地，是兴隆沟大队的中心所在，属比较大的村子，有16户人家。矮小的草房散落在北山坡上，也叫阳坡，南山叫阴坡。南山和北山之间有一条小河，小河常常是夏秋季有水流淌，赶上发洪水时，洪水会在南北山之间裹着树木山石狂泻而下，奔流而去。冬春大多数年份小河则是干涸的。

今年冬天小河里就没有冰，但过年时下了大雪，天气格外的冷。往年到过年时我们都会有新衣服换，棉袄不能换，也会换一个新外套。但今年我爸妈都病了，躺在炕上。我们只有穿去年的旧棉衣，棉袄的胳膊肘，袖口处都漏着棉花，棉裤的裤脚和膝盖处也都漏着棉花。

我们今年买不起鞭炮，只有去看别人放鞭炮。村子里有两户人家能买得起鞭炮，一户是张文华家，张叔叔是公社书记，是国家干部，村里把他们称为职工，每月有工资，当时与农民有天壤之别。另一户是刘普英家，刘大伯是供销社代销点的代销员，老残疾军人，也是农民。他们家有钱买得起鞭炮，主要是靠勤奋，天没亮刘普英就已经把村子里的牲口粪都捡回家了，粪便与土混合成农家粪，可以挣不少工分。秋天，他会把从老乡手里收来的秋子一个一个地砸开，用锥子把秋子仁挖出来，卖给供销社，赚取工钱。

我和弟弟与村子里围过来的人一起，等在张叔叔家院子旁看放鞭炮。当时只有三种鞭炮，最大的一种是高升，也叫二踢脚，高升寓意升官发财。另一种叫小鞭，成串，但小孩子是舍不得成串放的，拆开来一个一个点燃，啪啪的，很是过瘾。再一种是摔炮，不用点燃，用力摔向地面，或者墙面，自爆后发出啪啪声，这种主要是孩子们玩。

我和弟弟因为衣服到处漏风，所以很冷。两只手互相插进棉袄袖口，在墙角处，不停地跺脚来保持身体不会被冻僵。

"放了，放了！"弟弟喊道。

大人已把高升戳立好，他的大儿子，张景学，穿着一身新衣裳，手持点火棒，正小心翼翼地靠近已经戳好的高升，大人们不断鼓励着，高升的引火捻开始冒烟了。

"嗤嗤……嗵！……砰！"随着人们的喊声，高升飕的一声，从地面蹦起，然后砰的一声，在空中炸开。

接着是第2颗，第3颗……

我和弟弟都露出了笑容，忘记了寒冷，随着大人一起喊。

"嗵！……砰！"

不远处站着一位衣衫褴褛的老太太，我叫她二奶，她也是来看热闹的。这时她眼睛直愣愣地盯着我们，又突然向我们跑过来，口里喊着：

"着火了，着火了！"

我和弟弟还在看着她发呆的时候，她已经扑到我弟身边，使劲用手搓着我弟弟的膝盖，原来膝盖处漏出的棉花被崩落的鞭炮碎片点燃了，正在冒烟！

火很快被搓灭了，人群一齐向我们涌来。

"多危险，赶快回家！"一位大爷责怪道。

"别说了，俩孩子多可怜！"一位大婶争辩着。

"回家吧！孩子，挺冷的！"二奶含着眼泪小声地对我说。

我和弟弟傻站在那儿，呆呆的，不知所措。

愣了一会儿，我知道该咋儿做了，拉起弟弟的手，向家的方向跑去。

家在庄西头，我和弟弟跌跌撞撞地跑到家门口。

炕上躺着四口人，从炕头起，依次是我大妹子，老妹子，妈妈，爸爸。

晚上睡觉时，爸妈把我们四个孩子分开，我弟弟挨着爸爸，我在炕梢。

爸妈病了，两个妹妹还小，她们都早早钻进了被窝，炕上总是要暖和些。

我家租住在马老伯的西屋，是五间草房的一半，马老伯住在东屋。

父亲是第一位在兴隆沟任教的小学老师。1950年，18岁的父亲从解放区调到薛杖子，任小学教师，那也是在这个偏僻山区第一次有学校。

父亲身体很健康，这是患了重感冒，所以也卧床了。

"妈妈，妈妈！"我们喊着撞开半掩着的木门，扑向躺在炕上的妈妈。

"唉呀……唉呀！"妈妈的心口疼又犯了。

"要打针吗？妈妈。"我担心地问道。

"打呀，我顶不了了！"妈妈无助地望着我。

打针就是肌肉注射安痛定。

我从柜上把包着注射器的纱布包打开，再把铝制注射器盒子盖打开，取出注射器，插上针头，轻轻地放在柜上。

安痛定药液装在小玻璃瓶里，小瓶放在有隔段槽的纸盒里，10支一盒。每次要注射两支，我从药盒里取出两支，非常小心的把它们放在纱布上。

把暖水瓶的开水倒在碗里，拿起注射器，把开水吸入注射器内，然后推出开水，反复进行三次，对注射器进行消毒。

比较难的是打开药液小瓶，用左手紧紧握住小瓶，只漏出小瓶顶部部分，右手握住钳子，用钳子的头部猛击小瓶子的顶部，将顶部打碎，且小瓶的药液不能洒出。然后，把药液吸进注射器，再把注射器内的空气推出，这一点很重要，空气不能注射到体内。

我妈很瘦，只能在臀部注射，先用钳子夹住药棉花，在要打针的地方擦一下，再用手指甲掐一下要扎针的地方。

握住注射器，把针头对准掐出白印儿的地方，用寸劲把针头扎入，慢慢把药液推进肌肉。

然后，用药棉花按住针头扎入的肌肉部分，迅速拔出注射器。

再用把开水吸入推出的方法给注射器消毒，放回原位。

大约半个时辰，心口就会不疼了。

母亲一直身体不好，总是心口疼，有时疼得很厉害，痛苦的喊叫声几乎全村子都能听到。严重时会伴有癫痫，这时我就会扑上去使劲掐住人中穴，就是鼻孔下面的曲面处，一般都会管用。

本地有两种治病方式，一种是去请全村唯一的一位自学成才的中医王子春，王先生，有时我也叫他大叔，另一种就是请跳大神的，靠神仙治病，当时村里大娘大婶们最相信的是一位叫小老苏的。

去年冬天，大娘大婶都来劝我妈请一请小老苏，听说他已经治好不少病人，可神了。因为小老苏没有固定住所，请他的办法就是在村头等，他会经常走村串户，还有就是知道他在哪家治病，就赶紧去哪里等，你可能排第二或第三，很抢手。我妈实在被心口疼折磨得没办法，决定请一请小老苏。

一天下午，一位大婶跌跌闯闯地跑了进来。

"小老苏，小老苏来了！"大婶上气不接下气地说道。

"快去请，薛住，快！"我妈喊我薛住，不喊大薛。

大婶拉着我朝着小老苏来的方向跑去。

大约五百米远处，一个黑影在左右摆动，不像是向前移动，总好像是要向两边跌倒似的，先摆向一方，颤动一会儿后再摆向另一方，并慢慢向前蠕动。

"小老苏好像是瘸子？"我问大婶。

"这正是人们叫他小老酥的原因，他浑身是酥的，走路才颤联颤联的。"大婶告诉我。

"原来是这个酥啊！"我明白了。

越来越近了，唉，要不是有大婶，我会被吓跑的。

他大概四尺半高，俗话说五尺高汉子，小老酥很显然不像是个汉子。

他戴着一顶带双耳的棉帽子，这种帽子有个好处，不冷的时候可把帽耳向帽子的顶端折起来，这时帽子只用来保护头顶，冷的时候放下帽耳，帽耳把耳朵和两腮包裹起来，然后用帽带在下巴处把两个帽耳系起来，最高级的帽耳是貂皮的，最普通的帽耳是棉布的，在棉布里面填上棉絮。

小老酥的帽子是小孩儿戴的，两个帽耳只能盖住耳朵，看上去帽子随时都会从脑袋上弹出。好在他的脸和脖子都结了很厚的皱，能挡一挡刺骨的寒风。

黑色的棉袄应该是新的，粘有饭渍的胸襟已变成了灰色。免裆裤子并没有免上，渗有尿渍的棉裤裆也变成了白色。脚上穿的棉胶鞋，因为走路的原因，鞋后帮子变成了鞋底。

"大仙，行行好，快去给我大嫂子治治心口疼！"大婶冲着小老酥大声喊道。

"啥？"小老酥直瞪瞪地瞅着大婶，嘴里嘟囔着。

"看病啊！"大婶贴近他耳朵喊道。

"看，看…看病？"小老酥口吃，刚开始你只有猜他在说啥。

"二…块…块钱。管，管…管饭，一块钱。"他在说"一块"的时候，却非常干净利落。

"管饭哪！我来做！"大婶说到。

"领，领…领着…"小老酥露出了笑容。

我跑着也就是一眨眼工夫的路，我们用了大约半个时辰。

屋里只有我妈躺在炕头，我爸已领着我弟弟妹妹躲出去了。我爸不信迷信，他是人民教师。

小老酥端坐在炕中央，吩咐我拿来一个碗，碗里装上水，拿三支筷子和一把菜刀。

小老酥自己不是神仙，他需要去请神仙，神仙住在很远的仙境里。

接到小老酥请求后，神仙就会神游过来，附在小老酥身上，然后开始治病。一切准备好后，小老酥坐在那里没动静。

"哦，请神仙需要带钱！"大婶提醒道。

我妈从被子底下摸出一张皱皱巴巴的一元钱递给了我，我赶忙递给小老酥，那一瞬间我注意到小老酥的手不仅由厚厚的黑皴覆盖着，而且在关节处布满了裂口。

他用颤抖的右手接过钱，小心翼翼地塞进棉袄的内兜里。

然后，小老酥双手合十，眯上眼睛，好长时间没动静，我以为他睡着了。

突然，小老酥伸起两臂，睁开眼睛，打了一个很大的哈欠。

"啊，哦，哈！"小老酥眯缝着双眼。

他吩咐我把三支筷子在装有水的碗内戳立住，又让我把菜刀递给他，他大喊一声用菜刀把站立的筷子砍倒，筷子由炕上蹦到地下。

如此进行三次后，小老酥又笑了，放下手中的菜刀后告诉我们，刚才附在他身体上的是观世音菩萨，她让附在病人身体上的小鬼附在站立的筷子上，然后用菜刀把小鬼赶跑了。

当时农村的中年妇女常会有心口疼病，犯病的时间没有规律。疼的时候，病人会满炕滚，过一会儿，可能就不疼了，有的会经常犯，有的偶尔犯，吃了不好消化的东西就容易犯病。

"感觉好多了！"我妈笑着告诉我。

我非常高兴，妈妈的病要是好了，我就不用做饭了，不到六岁的我学着做饭还是蛮勉强的，不是很情愿。

大婶做了两个人的面条汤，她和小老酥吃完后，被等在门口的老刘家二叔接走了。

我高高兴兴地送走了他们。开始做晚饭，晚上我们吃高粱米粥，我把锅里放上水，蹲在灶台上淘好米，然后，点火烧锅。心理一个劲的高兴，妈妈的病好了。

晚上我正在做梦，梦见妈妈给我们做面条汤吃，还没吃上呢，就被妈妈的呻吟声惊醒了。

"迷信不管用吧，愣说能治病，哼！"爸爸不耐烦地吼道。

"大薛，明天去请王先生！"爸爸吩咐道。

王先生住在第一小队，也叫北岭村，过了岭就是张杖子大队了。北岭离薛杖子5公里路，沿着兴隆沟向外走，到车场沟门，拐进北沟，过了广菜沟门就到了。

冬天，山里的太阳总是懒洋洋的，山坡上有了阳光，我赶紧起来穿好衣服。

"妈妈，我去请王子春大叔了！"告别了妈妈，我出发了。

羊肠小路在小河两岸变换着，阳坡的雪化了，没有了雪，阴坡的雪一冬是不化的，已被踩成冰。

在阳坡的路上，我会小跑着走，可以使身体暖和些。阴坡就不能跑，会摔倒，要小心翼翼地走，那还摔倒两次，爬起来，拍去身上的雪继续走。

脸和手暴露在寒风里，都冻得红红的，手是可以插进棉袄袖子里的，但那样摔跤了很危险，所以不能插进袖子走路。

"大叔，王先生家在哪儿？我妈病了。"我在北岭村口碰到了位大叔。

"在村那头，他家是瓦房！"大叔手指村北头大声说道。

王先生家的院子有高大的院墙，院墙是用石头砌的，石头之间的缝隙用石灰抹平，墙顶两侧粘有瓦片，中间用石灰抹成半圆形。我是第一次看到这样好的院墙，就连张文华家的院墙也只是用树桩做的，我一直认为院墙就应该是用秫秸围成的。

院墙的大门有两部分，能把整个门关严的是一扇大木门，木门的下半截开有小门，是两扇铁门。大木门是关着的。我站在两扇铁门的外面。

"汪汪，汪汪"院子里的大黄狗发出友好的叫声，它仍然躺在那里，不像有的狗边跳起挣脱缰绳边吓人的狂吠。

"谁家的孩子？有事吗？"打扮得很漂亮的大婶向我走来。

"我爸叫李锡白，我妈病了。"我瞅着大婶说。

"哦，是李老师家的孩子，快进来。"大婶边禁止狗叫边说。

"当家的！李老师家的孩子来请你了，他家的大嫂病了。"大婶边走边冲着屋里喊着。

"大叔，我妈心口疼，疼得厉害，你快去给看看吧！"我冲着迎出来的王先生恳求着。

"当家的,你先去给大嫂看病,我让孩子进屋暖和一下。"大婶带着商量的口吻对王先生说道。

王先生背上药箱子先走了。

"快进屋,多冷啊。"大婶拉着我说。

屋里所有的东西都使我感到惊讶:地是用砖铺的,而我只知道地应该用黄土铺;灶台是石灰的,而我只知道灶台应该用黄泥抹;锅盖是木头的,而我只知道锅盖应该用高粱秸编;墙面是纸糊的,而我只知道墙面应该用黄土泥抹平;炕席是苇子的,而我只知道炕席应该用秫秸编织成;炕沿边是木条的,而我只知道炕沿应该用黄土坯子垒成;火盆是铸铁的,而我只知道火盆应该用黄土手工做成。

我瞪大眼睛注视着那些我没见过的,心里想着原来生活可以变得更好,一边羡慕一边盘算着,我家第一个可以改变的就是可以用纸糊墙,学校有报纸。

羡慕并努力改变是优秀的潜质,嫉妒而去损坏是糟糕的意识。

"快坐炕上烤烤火!"大婶把火盆从地下搬到了炕上。

"饿了吧,孩子,烤俩饽饽吃。"大婶又从厨房里拿出了两个亮黄亮黄的饽饽,放在火龙筷子上。火龙筷子是用来扒拉火用的,是两根粗铁丝子做的,一端用铁链连着。

"不用了,不饿。"我嘴里说着,但心里想着"饿倒不太饿，但是很馋！"

饽饽是用小米面作的，里面有两种馅，一种是豆馅，一种是菜馅，这从外面的形状可以看出来，大婶一样拿了一个。

大婶轮流翻腾着两个饽饽，烤焦表面的饽饽散发出迷人的香味，我已顾不得不要随便吃别人的东西的叮嘱。

"太香了！"我不顾一切地吃了起来，大婶笑了。

"大婶真好！大婶的家也真好！"我离开大婶家后，远远地回头望着，心里想着。

回到家时，妈妈心口已经不疼了，她坐在炕头，王先生坐在炕梢，爸爸站在地上。

打针是止痛的，为了治好妈妈的病，王先生还开了中草药方。抓药要到马圈子公社沈杖子药店，离家6公里路，决定第二天由我弟弟陪我去抓药。

我弟弟比我小一岁，他是不听我的，我们经常打架，但是一旦他明白要做的事情，他还是去做的，所以陪我抓药他还是称职的。

快到沈杖子时有两条路可走，一条近，但要过个小岭，另一条要绕个大弯，是平路。我们决定抄近路。

上岭是慢坡，很容易，当我们来到岭尖，麻烦了，下岭是陡坡！坡不大，大约10米左右，坡上有人们走时留下的脚坑，如果小心，一只脚一个坑地走，就不会摔倒。

我还在迟疑，我弟弟已经滚下坡去，正站在那儿跟我笑呢。

我小心翼翼的一步一个坑的往下走，坑距是大人留下的，我要双腿岔开很大才能踩到下一个脚坑，大约进行了5米，失去了控制，还是靠出溜完成了最后5米。

药店的先生听说我们是李老师家的孩子，对我们很客气，很快就抓好了药。

临出门时妈妈让我们买一个熬药的药罐子，因为薛杖子庄就刘普英家里有药罐子，全村都要到他家去借用，如果被别人家借走了，就只能等。药罐子是陶的，熬药不破坏药效。

回家只能走平路了，因为怕把药罐子摔了。

草药就是植物的根、茎、花、叶或果实。草药的处方是靠先一辈传下来的。

在我们的山里就有很多种草药，最贵的一种是子母，它是一种植物的根，粗细长短和手指头差不多，从地里挖出后，要用刀削去皮，晒干就可以去代销点卖。其次是柴胡，也是一种植物的根，须状，去土晒干就行。还有苍珠，它的根是圆球状，有点像小土豆。

春天，大人孩子都会扛着镐，挎着篮子上山采药。我会和弟弟一起上山采药，弟弟负责提篮子，我们在山坡上寻找并鉴别草药，一天下来能卖六分钱，最多的时候可以卖一角二分钱。我曾暗暗下决心，攒够钱一定去北京看看。

熬了很多罐子草药，也不知道是草药管用，还是春天来了，妈妈的病渐渐有所好转，注射安痛定的次数也少了。

在我妈心目中，妇女应该是相夫教子，纺线织布，操持家务。但由于妈妈用读私塾时学来的丈夫标准来要求爸爸，而爸爸只是大男子主义而已，所以他们打了一辈子架。

打架归打架，妈妈在村子里还是很有人缘的，我记得最清楚的是，每当村里有一家生小孩了，我妈都会用羊肚手巾给缝一顶带猫耳朵的帽子，孩子戴上非常好看，当地没人会缝。

布匹是非常缺少的，衣服都是补了又补，实在不能穿了，用糨子把碎布一层一层糊起来，七八层为一版，粘到门板上或墙上晒干，称为布袼褙，用五六层布袼褙做鞋底，用二三层布袼褙做鞋帮。

当时有两种布，一种叫家织布，一种叫斜纹布。后一种只有富裕人家才穿得起，而且是凭布票购买。

春天来了，妈妈又开始纺线织布了。

纺线属于熟练工种，先把棉花捻成粗绺，然后右手绕动纺车，左手由高速转动的纺针上把棉花粗绺拉成线，拉到扬起左手最高处，迅速反向转动纺针，把线缠绕在纺针上的定葫芦上，反复进行，直至定葫芦上缠绕足了线，换上另一个定葫芦。再把成堆定葫芦上的线，换绕到一种工字形的绕线工具上，形成大捆的线。纺出的线越细越均匀越好，我当时就很感叹，这线有多长呢？！

把线织成布，应该是当时农村技术含量最高的活了，整个村子没有几个能会，但我妈妈会。常常是几家子纺的线合起来一起织，然后按线的重量分布。

妈妈会选择一个天气非常好的日子，把院子里覆土扫净，在十米见方的地方两头钉上很多高一尺左右的木桩子，妈妈和她的帮手们会在桩子之间绕走一整天，有时会绕几天，最终她们做成的是纬线。纬线由一根一根的交叉线组成，线排列的宽度与织布机宽度一样，大约60到80厘米宽，两臂自然前展，手刚好摸到两端，这也就是家织布的宽度。纬线的长度就是绕在织布机一端辊子上的长度，也是本次家织布的总长。

织布过程就是把经线一根一根地穿进交叉的纬线，这是个累活。经线缠绕在线轴上，线轴放在梭子里，一只脚把踏板踩下，纬线交叉分成两部分，用一只手迅速把带有经线的梭子投向另一边，用另一只手接住梭子，这时用投梭子的手拉织布机拉紧排，用力拉两下，使这根经线和上一根经线靠紧，再踩下另一只踏板，使纬线换成另一种交叉，推开拉紧排，向另一方向投梭子。整个家织布的长度就是靠这交叉挤进纬线的一根挨一根的经线排列而成的。

在织布时，母亲经常给我讲"断织之诫"的典故，让我懂得做事要有始有终，不能半途而废。后来知道了典故的梗概。

河南有个青年，名叫乐羊子，家里很穷。有一天，乐羊子在路上拾到一块金子，高高兴兴地拿回家，交给妻子。妻子却一本正经地说："我听说，有志气的人不喝盗泉之水，廉洁的人不吃磋来之食。何况，这拾来的钱物，会玷污一个人的品德！"乐羊子听了妻子的话，心里感到非常惭愧，就把金子扔到野外去了。这件事，对乐羊子的触动很大。他下了决心，离家去很远的地方，拜师学习。一年以后，乐羊子回到家里。妻子询问丈夫为什么这么快就回来了。乐羊子笑着说："没有别的原因，只是一个人在外面太想念你了，所以就回来了。"

妻子一听，脸色变得煞白。她顺手拿起一把刀，奔到织机前，把刀放在蚕丝织成的绸面上，激动地对乐羊子说："这丝绸，是我从蚕茧缴成丝线，一丝一缕，一梭子来，一梭子去，一寸一寸地织，才织成这一匹的啊！现在，我假使一刀割断这匹丝绸，岂不前功尽弃，白白地浪费了时间吗？你呀，读书求知识，也应该随时提醒自己学得还很不够，这样才能养成高尚的品德。如果你半途而废，那么跟一刀割断这匹丝绸又有什么两样呢！"听了妻子的这番话，乐羊子深深地感动了。他马上告别妻子，去远方发愤攻读，整整七年没有回家，终于学有所成。

母亲比父亲有文化，有时父亲不认识的字，母亲认识。母亲知道得特别多，古代人物、天干地支、时辰、属相。知道最多的还是劝学、忠孝节义。母亲上私塾时，学过《三字经》《百家姓》，没学完《千字文》，私塾就停办了。因为外公外婆受封建思想束缚，不同意母亲去民国开办的公立学校上学。

熟读《三字经》，可知千古事。母亲的知识多数来自《三字经》。私塾主要方法就是背诵。母亲也教我背诵《三字经》，没有《三字经》文字本没关系，都在母亲的心里。我虽然对《三字经》的许多内容完全处于懵懂状态，但刻苦学习知识是人生根本这一理念，深深的扎根在我幼小的心底，刻苦学习成了我内生动力，不需要任何外力的鞭策和鼓励。

母亲珠算打得非常好。大队还有两位会算盘的，父亲和代销店的刘普英，都没有母亲打得快。加减法，母亲可以跟上匀速阅读的速度，读完，母亲就打完，结果绝对正确。我的珠算就是跟母亲学的。

加减法和乘法根本不用背诵口诀，意思顺理成章。打好算盘，要练习好指法。哪些珠子用拇指，哪些珠子用食指和中指，在于熟，要练。

母亲教我练指法的方法是反复打六二五的加法。在算盘的最右侧打上六二五，重复加六二五，满十次进一位，如果结果还是六二五，就正确了。一直把六二五推移到最左侧，既能自己验证是否正确，又练习了指法。

珠算的除法是比较难的，初学者要背口诀，理解后口诀可以自己推出来。不太容易记住的主要是：用3除有2句，用4除有2句，用6除有3句，用7除有4句，用8除有3句。其它不用记，顺理成章。

母亲教我的口诀是：

用1除：见一得一，见二得二，……，见九得九；

用2除：二一添作五、逢二进一，逢四进二，逢六进三，逢八进四；

用3除：三一三余一，三二六余二，逢三进一，逢六进二，逢九进三；

用4除：四一二余二，四二添作五，四三七余二，逢四进一，逢八进二；

用5除：五一倍作二，五二倍作四，五三倍作六，五四倍作八，逢五进一；

用6除：六一下加四，六二三余二，六三添作五，六四六余四，六五八余二，逢六进一；

用7除：七一下加三，七二下加六，七三四余二，七四五余五，七五七余一，七六八余四，逢七进一；

用8除：八一下加二，八二下加四，八三下加六，八四添作五，八五六余二，八六七余四，八七八余六，逢八进一，.

用9除：九一下加一，九二下加二，……，逢九进一.

练习的方法是，由算盘的最左端开始顺序摆好123456789，然后除以2，除法从高位，也就是左侧开始，再乘以2，乘法从个位，也就是右侧开始。完成后，复原原来的数字顺序。然后除以3、乘以3、除以4、乘以4、依次序到除以9、乘以9。除法、乘法、指法一起练。

熟练了，你会发现，珠算除法把被除数位变为商位，单位数除法结果是最后一位是余数，从这个角度你自己可以推出口诀。多位数除法要复杂些。珠算是小学的一门基本功，不应该算作基础知识。

无拘无束玩耍的幼儿时期两年是在饥饿中度过的，开始是去大食堂吃饭，后来是去食堂打回来吃。刚开始，吃得饱，不花钱，随便吃，挺高兴。全免费，就没人干活了，没人干活了，就不生产粮食了。有的生产队的食堂先把粮食吃光了，就从有粮食的地方调，称之为平调。每个食堂都可劲吃，反正没了给调配。结果都没粮食了。赶紧提出节约用粮，再节约也解决不了问题，地里不产粮食了，农民没有了种粮积极性。

最困难的时候，从食堂领回来的6口人的饭，一个人就可以吃掉。一次，我和弟弟去食堂领早饭，是一笼子底蒸熟的白薯。弟弟饿得非要吃，我不得已从笼子里挑了一根比较粗的薯须子，掰两半，一人一半吃了。回家后没敢告诉父亲母亲，我和弟弟都保守了偷吃早饭的秘密。

在饥饿中迎来了上学的年龄。上学前一天，碰见了比我大3个月的张景学，就是公社书记张文华的大儿子，他对我一直很好。

"大兄弟，明天咱俩都要上学了。"他称呼我大兄弟。

"我让我爸安排咱俩一位！"他似乎有点优越感。

"大兄弟，我爹从县里带回了几块饼干，我给你留两块。"他把两块饼干塞到我手中。

"明天上学啊！"没等我推辞，他已经跑掉了。

我想把两块饼干分给母亲一块，高兴地跑回家，猛一下推开门，我愣在那里。母亲俯身轻靠在打开的柜子前，双手托着一双女式皮鞋，鞋是蓝色的，前面尖尖的，那是我第一次见到皮鞋，特别好看！母亲满脸泪水。我们对视了片刻，母亲快速把鞋放回柜子里，没说话，转身做饭去了。我也缓过神来，明白了眼前发生的一幕，转身走出房门，来到房后的老槐树下，坐在石头上，努力把母亲身世的记忆碎片串起来。

母亲王玉芬，出身于中医世家，是宽城县城有名的大户人家，在我外公外婆的四个孩子中老小。我见过大舅，大姨。二舅因"伪满"时期曾任地方小官，是社会监管对象，去世早，我没见过。

母亲不仅是老小，且长得十分美丽，身材修长，是整个家族宠着的娇小姐。因为是中医世家，在过生日时不仅会收到来自家族和亲戚的礼物，还会收到来自众多拜访者各种各样的贵重礼物。母亲幼年时，还时兴裹脚，是在反帝反封建的变革大潮中放开的。母亲在私塾里读过很多孔孟之道的书籍，这影响了母亲的一生。

1947年，母亲由我外公外婆做主，与父亲成婚。结婚后的现实生活，对深信孔孟之道并具有优越感的娇小姐就是一场噩梦，掉入了残酷的深渊，并在那里苦苦地挣扎了一生。

我祖辈原先居住在王厂沟，位于都山深处一条山沟里，是晋察冀边区抗日总司令李运昌领导的革命根据地，我爷爷的弟弟和李运昌是拜把子兄弟。抗日战争爆发后，集家并村到北局子。

北局子离县城6公里，因我太爷经营有方，在北局子购买了大片土地，爷爷带着全家集家并村到北局子时，就成了附近的土财主，爸爸也有机会在县城读书，算得上当地的好人家。

刚结婚时还好，尽管土财主家的生活没法和中医世家相比，总算还过得去。母亲常常讲起那时的生活，只有我爷爷能吃小灶，其他人都和伙计一起吃大灶。

早晨，一个巨大的桌子上放着一盆咸菜，大伙从一口大锅里盛高粱米粥，围着大桌子喝粥、吃咸菜。中午，大伙从多层蒸屉里拿馍，抢桌子上的几大碗菜。晚上还是咸菜和玉米碴子粥。刚开始母亲常常吃不饱，后来只好慢慢适应。

我父亲有个姐姐，母亲碰到了所有媳妇碰到的问题——婆婆和大姑。我父亲在时，仅仅是合不来，也还凑合。1948年解放军进驻热河地区，因为我家是土财主，所以我父亲逃离家乡。从此母亲的噩梦开始了。

母亲已有孕在身，尽量与婆婆大姑子忍气吞声。

全家被赶出家门，住在窝棚里，且婆婆大姑子不顾母亲身孕，不断折磨着母亲。几个月后，母亲唯一的希望破灭了，孩子没了，在窝棚里流产了。

母亲疯了！常常披头散发地跑出窝棚。母亲被接回娘家，在娘家医治。

大约一年后，母亲在中医世家的娘家悉心照料医治下，逐渐得到康复，但潜在精神问题伴随了一生。在情绪紧张时，还会抽搐到不省人事，为此我就学会了掐人中和虎口穴，在适当穴位扎针。

一个出嫁的大姑娘，且患有精神疾病，怎么生活下去是摆在母亲面前的一大难题。当时母亲选择了出家，因为有精神疾病被拒绝。在外婆外公的坚持下，认我二表兄为养子，相依为命。二表兄，叫王巨龙，当时3岁多，正是讨人喜欢的年龄，给母亲带来欢乐和人生希望。

新中国成立后，父亲回到家里。后经报名考试，被录取为小学教师，分配到青龙县张杖子联社兴隆沟村当教师，这是这个深山村首次开办学校。

当时刘普英是村长，他是残疾军人，见过世面，处事正直，公道，大伙都很尊重他。在刘普英村长的主持下，村公所腾出一半的房子，作为教室，父亲就吃住在教室里。当时只有几个学生，第一年一个年级，第二年两个年级，最后是四个年级一起上课，叫复式班。当时一至四年级为初小，五至六年级为高小，高小要到6公里外的沈杖子去读。

在父亲执教的第二个年头，刘普英村长劝父亲把母亲接来，父亲给母亲写了信。

外公外婆家深受孔孟之道影响，强劝母亲放弃二表兄，来到父亲身边。先安顿在碾捣房里，我就是在这里出生的，母亲常常会念叨，我是在碾捣房里出生的。

我出生后，村里建了新村公所，整个旧村公所成为学校，一半是教室，一半是办公室和我家。

从此，母亲有了家。

对于有文化的教书先生，在几乎全是文盲的深山沟里还是受尊重的。尽管当地非常穷，但毕竟是个完整的家，我出生后的第一年条件还是非常优越的，当地喂孩子最好的东西就是小米饭，母亲先咀嚼成糊状，然后嘴对嘴喂给孩子。

周围的乡亲会给送来豆腐皮或牙祭。这两样东西都是非常珍贵的，只有稍好一点的家庭的产妇才能吃到，为了下奶。

豆腐皮就是做豆腐时，从冷却的豆浆表面捞起的皮。村民一年也做不上一次豆腐，做豆腐就是过年。做一次豆腐可以挑3至5张皮，晒干后是宝贝。送给亲近的产妇，当地称呼为做月子的。

牙祭是由咸菜叮，冻豆腐叮，肉皮叮混合熬成。喝一口粥，吃一口牙祭，非常美味。因为豆腐和肉皮非常奇缺，所以牙祭也是做月子产妇的专有。

第二年，我弟弟出生了，弟弟的到来使得日子过得有点紧张，但也还行。母亲把重点转移到弟弟身上，学生数量在增加，房子不够用了，我家只有搬离学校，在村西头租了老乡的房子。

老乡叫马玉曾，有一栋当地最流行的草房，当地叫五间式房子。房子由中间开门，分成东、西两部分。中间一间是厨房，东、西两间为里屋，里屋南边搭炕，北边堆放东西。好一点的人家，北面会有两口柜。

进门处是厨房，当地叫灶火坑，两边搭灶，一边一口大锅。这种房型是为娶儿媳妇准备的，有了儿媳妇，公婆住东屋，儿子、儿媳妇住西屋，可以分开过日子，也可以不分开，分开过日子就公婆和儿子儿媳各做各的饭，各吃各的。东屋为大。

马玉曾比我父亲大且是老小，我称他老伯，当地称呼老大爷，"大"发重音，区别称呼爷爷辈的大爷，"爷"发重音。马老伯的儿子还小，所以把西屋租给我家。

租了房子，家宽敞了很多，只是离学校要走10分钟左右路程。

在接下来的四年里，我大妹和小妹前后出生了。

小学教师属于国家职工，吃商品粮，就是每月发工资，从粮站购买定量的粮食，父亲当时工资32元，养活一家六口，非常窘迫，但还是要比老乡优越一些。

在"大炼钢铁"后，国家进入困难时期，粮食紧缺，物价飞涨，国家已承担不起职工的定量供应，号召职工家属回乡或者就地落户成为农民。

不顾母亲极力反对，为了解决工资购买商品粮的窘境，父亲把母亲和四个孩子落户到了张杖子公社兴隆沟大队薛杖子小队，我们从此由家属变成了农民老乡。这是父亲做出的最缺乏远见的决定，把母亲和我们兄弟四人的一生推入深渊。

另一个不明智的决策，是在新中国成立初期母亲没去找一份工作。当时非常需要有文化的人参加国家建设，在我外公家的关照下，医药公司给母亲留了一个会计职位，由于母亲深受孔孟之道的毒害，确信女人就应该在家相夫教子，拒绝了这能改变她一生命运的机会。

一个人或者一个家庭的命运常常由某个关键决策而注定。愚蠢的决策常常只顾眼前，屈服和躲避当前困难；智慧的决策则从远处着眼，咬牙度过暂时的难关。这在社会大变革时代尤为明显。

变成老乡后首先带来的是屋里到处都是从生产小队分来的粮食，谷子、高粱米、白薯、玉米、南瓜，弄得满屋子没处放，从此没有了大米、白面。

这仅仅是第一年秋天，冬天就开始吃大食堂了，挨饿开始了。

"大哥，吃饭了！"弟弟的喊声打断了我的思绪。

晚餐是在炕上吃，全家人围坐在炕中央的饭桌旁，父亲母亲坐在炕沿边上，我们四个按大小依次坐在炕里边。炕沿边与饭桌之间放着一大瓦盆小米粥，饭桌中央有一盆熬豆角。今天有点特殊，通常只是一盆咸菜，蔬菜一般是中午有，晚上很难吃到。

按常规，母亲先从米粥盆底部挖一碗稠的给父亲，然后把整盆米粥搅匀后，盛给我们。我们碗里的粥基本上是一个米粒赶着一个米粒跑。

　　今天很特殊，在挖了一碗给父亲后，并未急着搅匀，而是挖了第二碗，尽管比第一碗要稀，还是稠的多。

　　正在全桌诧异的时候，母亲把粥碗递给了我。

　　母亲郑重地说到："薛住明天要上学了，不能太饿了！"

　　第二天，在我的书包里还藏了一个鸡蛋。

少　年

　　学校只有父亲一位老师，四个年级学生在一个教室上课。父亲给三个高年级布置课堂作业后，先给一年级讲课，布置作业后，给二年级讲课，按顺序在四十五分钟内完成四个年级的讲课。

　　一年级有六名新生，安排在最前一排，我和张景学一位。一排三张课桌，前后共四张课桌。两个学生共用一张课桌，共坐一把长凳子。

　　开始一段时间，因为饿，操场一片安静，后来逐渐能听到孩子的嬉闹声了。

　　散了食堂后，国家为了解决粮食困难，允许农民每人一厘自留地，用于种菜。可以自己开荒种地，称为小片荒。

　　该措施是夏季开始实施的，老乡们在开垦的小片荒上种荞麦和黍子。这两种作物生长周期短，夏秋之间下种，秋末就能有收成。黍子是大黄米，产量低，是包粽子的好材料，种的很少。主要是种荞麦，荞麦面没有白面好吃，但优于白薯面，没有面筋，不能包馅，做疙瘩汤很好。

第二年春天，父亲也在一个山坡上开了一块小片荒，种的是土豆，长得非常好。蒸食土豆，豆角熬土豆，灶火烧土豆，好吃，把我的肚皮吃得铿亮。

父亲喜欢抽旱烟，自己种旱烟。开春，用墙角下的一小块地育烟苗。把地平整后，撒上烟种子，再撒上一层薄薄的细土，用塑料罩好。等烟苗长出三个叶子，移栽到烟地里，半米远一棵。春天，是蹲苗的时间，烟苗会蹲在那里壮实自己，需要精心松土施肥。等到连雨天，一棵会长出五到六个蒲扇大的烟叶。烟苗上会长虫子，虫子在烟苗心儿的小叶上吃一个小洞，长成大叶子时就会是一个很大的洞。那段时间，我和弟弟每天早晨会去烟地里捉虫子。捉虫子的时候要卷起裤腿，捉拿完虫子后，跑到河沟子去洗腿。秋季，把成熟的烟叶掰下，三个叶子一组，把叶子的颈处夹在绳子的两个扭结之间。用长的木杆支起绳子，把烟叶晒干。红彤彤的烟叶非常好看，捆成小捆储藏。父亲的旱烟在附近很有名，可以作为珍贵的礼物送人。

生产小队会把比较好的一块地，划分成各家各户的自留地。每一户都非常上心的耕作，恨不得让每一寸地都能长出蔬菜来。母亲和我们四个孩子也分到自留地，父亲同样非常用心地经营着我家的自留地。做成整整齐齐的小棋，小棋用棋垠隔开，便于浇灌。棋埂上种蒜或洋葱，棋内种黄瓜、豆角、西葫芦。西葫芦是那种不爬秧的，黄瓜、豆角用树枝架起来。记得当时黄瓜架上的黄瓜是有数的，馋了也不敢摘。豆角隔几天才能心满意足地吃一顿。棋里种两季，春季钟黄瓜、豆角、西葫芦，夏末时种白菜、萝卜，留冬春吃。我已能帮着干活，比如把发酵过的大粪，用手捧着埋在蔬菜根部。

孩子们是最先吃饱的，脸色也红润了，玩耍起来也有精神了，学习也用功了，课堂的朗读声音都响亮了许多。

初级小学四年是我最好的学习时光，基础知识掌握得非常扎实。拼音、书写、算数、珠算等都受到了系统完整的培养，受益一生。

父亲是老师，学习上不能懈怠，我本来就喜欢学习，这是母亲从小逐步培育起来的。珠算和毛笔字都是母亲手把手教会的，珠算在学前就会了。上学后，母亲开始教毛笔字。

读私塾时只有毛笔，没有铅笔和钢笔，母亲写得一手好毛笔字。开学前，母亲就已经准备好了毛笔、砚盘。开始时，母亲会亲自给我研墨，后来我自己研墨，再后来直接买墨水。

握笔姿势是母亲手把手教会的，拇指和食指紧捏笔杆，中指在笔杆上方，无名指在笔杆下方，直握笔杆。写竖、撇、捺，中指用力，写弯、钩，无名指用力。

晚饭后，碗筷拾掇干净，不撤饭桌，父亲会盘腿坐在炕上批改作业。天黑了，在桌上点亮煤油灯，是有玻璃罩的煤油灯，只有学校才点得起，老乡晚上很少点灯，好一点的人家，会备有蜡烛，以备急用，平时很少照明。母亲又给我讲起了凿壁偷光的典故，母亲不知道故事的主人公，只是用来激励我。人家可以凿墙偷光学习，你有这样好的照明条件，怎能不用心学习呢。后来我知道了典故的梗概。

西汉时候，有个农民的孩子，叫匡衡。他小时候很想读书，可是因为家里穷，没钱上学。后来，他跟一个亲戚学认字，才有了看书的能力。匡衡买不起书，只好借书来读。那个时候，书是非常贵重的，有书的人不肯轻易借给别人。匡衡就在农忙的时节，给有钱的人家打短工，不要工钱，只求人家借书给他看。过了几年，匡衡长大了，成了家里的主要劳动力。他一天到晚在地里干活，只有中午歇晌的时候，才有工夫看一点书，所以一卷书常常要十天半月才能够读完。匡衡很着急，心里想：白天种庄稼，没有时间看书，我可以多利用一些晚上的时间来看书。可是匡衡家里很穷，买不起点灯的油，怎么办呢？有一天晚上，匡衡躺在床上背白天读过的书。背着背着，突然看到东边的墙壁上透过来一线亮光。他霍地站起来，走到墙壁边一看，啊！原来从壁缝里透过来的是邻居的灯光。于是，匡衡想了一个办法：他拿了一把小刀，把墙缝挖大了一些。这样，透过来的光亮也大了，他就着透进来的灯光，读起书来。匡衡就是这样刻苦地学习，后来成了一个很有学问的人。

我坐在父亲对面，放好砚盘，练习写字。母亲要求我练写当天新学的笔划或字。纸张很贵，尤其那种透明的影印纸，更珍贵。新的笔划或者字，先在影印纸上练一遍，再在专用纸上练一遍，然后是在报纸上练，学校订有人民日报。

人民日报四个字是毛主席题写的，刚劲有力。没事儿时，我总是盯着那四个字看，"人"和"报"字都写的很大，"报"字是繁体，中间的"民"和"日"字有一半大，"民"像在走路，"日"像画有眼睛的鸟嘴，百看不厌，就是咋儿学都不像。

开始时，不小心会把墨弄得到处都是，父亲很不耐烦。后来父亲看我写得有模有样的，也常常对写得不对的地方进行指点。

每年春节，大队都要给烈军属送对联，写对联是父亲每年的常规任务。开始我试着写横批，后来能帮着写整个对联。

四年级快毕业的时候，大队开办高小，我就不用到12公里外去读高小了。

新办高小，学校增加一名民办教师。作为过度，父亲教四、五年级，民办教师教一、二、三年级。学校有两个教室，一个办公室，民办教师是负责人，因为他是党员。同年，我们家新租了房子，和民办教师住对面屋，是他叔叔的房子。

五年级的上学期一切正常，下学期报纸刊登批判《海瑞罢官》的文章，要打倒吴晗、邓拓、廖沫沙。要彻底清除封建残余，"破四旧"，"立四新"。

学校还是一切如常，觉得那是国家大事。所以我的小数知识和分数知识都学的非常扎实，作文基础也打得不错。丰衣足食之时，努力学习，美哉善哉。

每天我都回家吃晌午饭。夏季的一天，还没进家，就闻到了喷香喷香的香味，这种香味只有过年才能闻到，肉香。

"你二表兄来了！"母亲一边炒着锅里的肉一边对我说。

炕上坐着一位魁梧轩昂，品貌非凡的男子，穿一身笔挺的中山装，油黑的头发向后梳得非常整齐，宽阔的前额，高鼻梁，浓浓的眉毛下，一双大眼睛炯炯有神。

"放学了？"二表兄温文尔雅地问道。

"放学了！"我不知所措地答道。

二表兄王巨龙，早已在我心目中形成了崇高形象。我外婆去世时，母亲带着弟弟回过老家。回来时，母亲多次讲述二表兄的故事，尤其是和我二表嫂的爱情故事。

在独立成县以前，宽城属于青龙县管辖。二表兄曾经在青龙县中学读书，成绩优秀。我有个叔伯大舅新中国成立前给"伪满"做事，新中国成立后死在监狱。是我儿表兄把尸体送回宽城的，因为此事耽误了上大学。高中毕业后，跟着我大舅学医。二表兄非常喜欢读书，经常到新华书店读书或者借书，被书店一位漂亮的女职工相中，常常把食堂里好吃的留给二表兄，后来成为我二表嫂。二表嫂是北京的下乡知识青年，在样板戏里演阿庆嫂，不是一般的漂亮。后来，二表兄自学成为一名中医院医生，再后来成为中医院院长。

二表兄这次是到县医院开会，专程来看望我们，并带来猪肉和蔬菜。

深山老林的沉寂村庄，竟有如此伟岸人物到访，全村人都探头张望，我更是喜悦，贵人到访，蓬荜增辉啊！

二表兄是宽城县中医院院长，我还有个大表兄，上过大学，是承德地区卫生局局长，是我家亲戚里最大的官。

我要以二表兄为榜样，努力学习，争取有出息。

五年级在繁忙的学习中度过，六年级上学期也算平静。下学期，学生不再以上课为主，要当破除"四旧"的急先锋，"四旧"指的是旧思想、旧文化、旧风俗、旧习惯。

学生不再是少先队员了，是"红小兵"，班级成立了红小兵小队，学校成立红小兵中队，公社有红小兵大队，中学称为红卫兵。

一天下午，学校突然宣布要去扫除封建残余，搜查本村的地主和富农家，两家都姓张。学生排成队，前面的扛着旗，"红小兵"中队长走在队列最前面的右侧，拿着喇叭喊口号，小队长走在自己小队的右侧。队伍后面是乐队，有三种打击乐，鼓、锣、镲。打鼓的重复"咚、咚、咚咚、咚咚。"打锣的用小锤子有节奏的敲击锣面，锣的声音粗犷、洪亮。镲，学名铜钹，铜质圆形的打击乐器，两个圆铜片，中心鼓起成半球形，正中有孔，穿红绸条用以持握，两片相击发出有颤音的碰击声。

抄家对那些愣头青的孩子是绝佳表现机会，他们冲进地主和富农家中，乱翻一气。最后把凡是他们没见过的都当四旧搬了出来，翻个底朝天后，他们带着战利品，走在队伍前面，同学们排着队，跟在后面。

战利品堆放在办公室里，主要是一些丝绸布匹和老旧衣服，还有些是就旧日历和几本书。

"这样做，对吗？"回到家我问父亲。

"全国都在做，得跟形势。"父亲解释说。

我非常不情愿到人家家里去翻东西，不进屋又说你破四旧不积极。我申请打鼓，因为乐队不进屋翻东西。乐队变成六个人，轮流上阵。

我对战利品里的几本书很感兴趣，尤其是《三字经》和《百家姓》。学前母亲口传了这两本书，那时还不认识字，只会背。我决定誊抄这两本书，我能搞到办公室的钥匙。一次偷一本，在母亲的掩护下，避开父亲的视线。用两周，不知不觉，我已有了两本书的誊本，藏在柜底下。

还有《佘太君招亲》，我从没听说过，一个小薄本。当时实在没书可看，父亲有本《红旗谱》，我已读了两遍，主要觉得朱老钟这个人物有点假，内容也很乏味。我惦记上那本《佘太君招亲》，决定在老师去公社开会的周末，把书偷偷拿回家里，周末看完送回去。

我得逞了，一个周末我竟然反复读了三遍，情节太扣人心弦，杨继业和佘太君两个人物太让人向往，竟有这样好看的书，心里美滋滋的。这件事也只有母亲知道。

学制要缩短，教育要改革，社会主义教育制度要和资本主义教育制度对着干。小学改为五年制，不分初小高小；中学四年制，初中两年，高中两年；公社设立初中，学年由夏季开始改为冬季开始。

六年级毕业要等上半年，才能上社中读书，学生回家参加农业劳动，老师搞大串联。大串联主要是老师和学生。红卫兵小将干革命，汽车火车免费，招待所饭店免费，轰轰烈烈的大串联遍及全国，毛主席多次在天安门接见全国大串联的革命小将红卫兵。

父亲参加了中心校组织的大串联，一直到大年二十七晚上才回来。回来时给我和弟弟每人带回一个不锈钢汤勺，我们哥俩翻来覆去看了半天，喝粥不用这玩意，嘴对着碗边，把碗边一转，喝起来更痛快。

一个麻烦的问题是过年包饺子没有白菜。去年生产队没收了所有小片荒，只留自留地，粮食又紧张起来，自留地不能再种蔬菜了，要种粮食，土豆、玉米、谷子。所以根本没有冬储大白菜。父亲每月有二斤面粉供应，每年大年初一一定要吃饺子，孩子们都等一年了。村东30公里较富裕的村民有大白菜，山里人要用干梢子柴火去换。父亲决定去换大白菜。

换大白菜要有柴火，当时山林属于生产队，不能随便砍，要统一砍伐，统一分配。家里烧的都是秸秆，没有像样的干梢子柴火。常用的办法是去村西10公里的深山老林捡干枯的干梢子，捡干枯的不犯法，然后去换大白菜。

年二十九，天刚刚蒙蒙亮，父亲和我出发了。带上冻白薯，推上小推车，捡干枯的干梢子柴火要到散杖子小队的洞子沟。空车子我推着，从我家到散杖子是2公里平路，过了散杖子再走1公里坡路，就到洞子沟了，进沟就是山路了，越来越陡，近处的干梢子都被捡没了，要到沟的最深处。

在沟的最深处，找了一块稍微平一点的地方，放好小推车，用石头垫牢车轮，父亲和我分头到两面坡去捡，捡一抱就送到小车子边上，捡够了，用榆树条子把捡来的干梢子捆成两捆，小车子两面一面一捆，绑好。老乡一车可以装100公斤，我们只能装50公斤，力气不够。

装好车已经中午了，喘口气，拿出冻白薯开啃，渴了，抓一把没有融化的雪，含在嘴里。

出沟的路非常不好走，有的地方，不小心就会翻到石崖下边，我倒扶着车头，父亲拉紧闸把，弓着腰，一步一步慢慢前行。

出了洞子沟，路就比较平缓了，父亲一个人推就行了。下坡，主要是拉好闸，掌握好平衡，不让车倒了。

散杖子小队设有卡子，主要检查两种情况，一是是否砍了非干枯的林木，二是是否偷了准备交爱国柴的干梢子，准备交爱国柴的干梢子，是砍好了晒在山坡上的。

远远看到两个人蹲在村头的石头上。我们捡的都是干枯的，没啥可怕的，一直前行。到村头时，两个人不见了，等我们走过后，发现两个人又在那里。原来那是父亲的两个学生，一看老师来了，查也不是，不查也不是，俩人就一起去茅房了。

回到家，不卸车，第二天早晨直接推着去换白菜。

第二天，鸡叫第一遍，父亲和我推上干梢子柴火出发了。路是石子路，不小心，车就会歪。过河坎时，我在前面拽着。

天亮了，太阳还没出来，一天最冷的时候，我们到了西蒿村。我和父亲互相看着发笑，后背长出了一片白毛，是透过棉袄蒸发出的汗，在棉袄外的棉絮上形成的霜。

把车子放在村子中间，父亲拿出烟袋，抽起了旱烟。我打量着村子，村子也没多大，只不过山没有我们那的高，比较缓，可以在山顶上种庄稼。东蒿村、西蒿村，是比较富裕的村子。在西蒿村，换不成，就要去东蒿村。快到吃早饭时，走过一对父子模样的两个人。

"哪有大年三十换白菜的，该换的早换完了。"年轻小伙子对年长的说。

"各有各的难处呗，世事艰难啊！"年长的说到。

要去东蒿村了，父亲磕去烟袋锅里的烟灰，正起身准备推车。

"是李老师吧！"一个爽朗的中年妇女的声音。

"这是大薛吧，都长这么高了！"中年妇女已来到车旁。

"叫姑姑。"父亲吩咐道。

"姑姑。"我对着中年妇女喊道。

"来换白菜吧？"姑姑已发现了我们的窘境。

姑姑是父亲的学生，前几年出嫁到西蒿村。

"到我家换，走，跟我走，很近的。"姑姑不容分说，催促着。

父亲示意我推车，跟在父亲和姑姑后面，几步就到了。

"当家的，快来换柴火！"姑姑冲着屋里大声喊着。

院子分成两部分，中间过道对着房子的大门，和我们那儿一样，房子里住着哥俩。

"他叔，拿四棵白菜来，换柴火。"姑姑对着另半面屋喊道。

"前两天刚换过了！"另半面屋里回答道。

"再换四棵的！"姑姑命令的口吻。

院子里有两个菜窖，一家一个。姑父已从自家菜窖掏出四棵大白菜。

"再掏一棵！"

我们那车柴火大约50公斤，明眼人一看就知道。50公斤柴火换八棵白菜，是当年的行情，姑姑冲着老师多给了一棵。卸下柴火，绑好9棵白菜。

知道我们急着赶回家吃年夜饭，姑姑并未强留。

"谢谢姑姑。"父亲示意我。

"谢谢姑姑！"我望着他们一家人说。

我推着九棵白菜，父亲跟在后面，急匆匆往家赶。

母亲已做好了年夜饭，弟弟帮着父亲把白菜搬进屋里后，凑到了我身边。我领会弟弟的意思，和父亲要每年的零花钱，去买鞭炮。

"代销店关门了吧？"我跟弟弟说。

"我去找刘大爷开门，没事儿。"弟弟说。

我和弟弟来到父亲身边，父亲掏出2张5角和6张1角的，每人8角钱，每年都一样。

每年都是买6颗高升，也叫二踢脚，1串小鞭。小鞭拆开放，6颗高升，年夜饭后放1颗，年夜晚上放2颗，初一、初五、十五各放1颗，年夜晚上一定要有第二响，因此准备2颗，防备有哑炮。

1颗高升8分钱，小鞭1角钱，还剩2角2分钱，我提议给两个妹妹一人买一个铅笔盒，大妹妹李小平明年读三年级了，老妹妹李小玲明年也上学了。铅笔盒2角钱，铅笔擦2分钱，刚好。父亲母亲对我们给妹妹买铅笔盒，非常高兴。

因为父亲吃商品粮，所以我们家过年能吃上大米饭，初一、初五能吃上白面饺子，年三十晚上还有花生。有些老乡只能吃白高粱米干饭和粘豆包。

过了正月十五，社中开学了，社中在公社所在地，走小路12

公里，走大路16公里，大路小路都要翻岭。大路是修出来的，能走马车，小路是走出来的，是山路。步行都是走小路。走小路要进一条沟，翻一座山，再出一条沟。

我们生产小队原本有3名同学，决定去社中念书的只有2位，我和赵瑞。不去念中学的是张景学，他是公社书记张文华的大儿子，也是红小兵中队长，抄家就是他带的队，成了全大队的红人，要留下来当大队民兵连长。

不去念书是他母亲的主意，我叫二大娘。因为有当官的丈夫，二大娘非常有优越感，全大队只有她有胭脂擦，她希望她的儿子尽早当官。二大娘对我家一直很好。实际上，凡是老干部对我家都很好，也都很尊重父亲。母亲白天去劝二大娘，要让孩子读书，碰一鼻子灰。

"孩子应该去读书，学文化才是根本。"母亲在晚饭时自言自语。父亲没吱声。

"我今天去劝了，不管用，你能跟张书记说上话，劝劝他，让孩子去读书。"母亲又说。

"我咋儿能去给书记出主意呢。"父亲说话了。

"他们会后悔的！"母亲很坚定地说到。

母亲给我准备了铝制的饭盒，饭盒横着方向有个弧度，便于开启，里面有个屉，屉下面装主食，屉上装副食。冬天主食是熟白薯，屉里是咸菜。夏天主食是粥，屉里有时会有蔬菜，土豆熬豆角、熬茄子啥的，多数是咸菜。

从村里到学校需要走一个半小时，早晨6.30就要离开家。冬天，天还没大亮，就上路，晚上回到家，天已黑。夏天，时间宽裕些，但裤子会被草丛中的露水打湿，熬到中午才会变干。

赵瑞住在进沟的深处，一栋房子，父辈哥俩一家一半。赵瑞有时会在家等我，和我一起走，有时也独自走，到山顶上还有从另外两条沟来的3名同学，有时遇到一起，5名同学一起出沟。

张杖子村是比较大的村，村子中间有一条坑洼不平的街道，学校在村子的最东头，我们要从西穿过整个街道。

学校是小学戴帽，操场的南北各有一栋瓦房，南边有两个教室，是张杖子大队的队办小学，北面是社办初中一年级的教室和老师的办公室。

初中一年级开三门课，政治、语文、数学。政治由原来小学的负责人担任，我们喊他韩校长。语文是由拉拉岭大队抽调的高小语文老师。数学由民办老师张克印担任，他是六五年高三学生，毕业时大学停止招生，连同当年在校的高一、高二统称"老三届"，人数很少，是社里文化水平最高的，凤毛麟角。

在60名学生中，有一位学生是城市户口，吃商品粮，他父亲是公社粮站的站长，其余都是农民子弟，来自全公社的六个大队。

刚开始三个月，学习气氛很正常，政治和语文没有感觉到和高小有多少区别，感到最新鲜的是数学，原来数字还分正负，称为有理数，有理数的加减乘除，一不小心就容易错，尤其是涉及分数的有理数加减乘除，更要小心，而且很难再像整数算法那样找到直观解释。代数方程也非常微妙，先假设未知数，列方程，使高小很多的比例方程反而变简单了，更关键的是假设的运算方法很启发人。这些好像是我读两年初中学到的所有。

结识了很多新同学也有一种新鲜感，同学们熟络了，课余时间开始活跃起来，最耀眼的同学当属粮站站长的儿子，因为他吃商品粮，不挨饿，所以脸色红润有光，衣服也穿得整齐，围在身边的女同学，常常会发出嬉闹的笑声。我有时会想，如果当时父亲不把我们家落户到农村，应该和他一样风光，从内心羡慕他。

快到春天的时候，开始不好好上课了，要横扫一切"牛鬼蛇神"，铲除资产阶级腐朽作风，打击投机倒把行为。学校红卫兵的活动越来越多，红卫兵和红小兵的头头们常常开会，政治课也是围绕着批判资产阶级腐朽作风和打击投机倒把行为进行。

五一节后的一天上午，全体学生在操场集合，红卫兵宣传队配带乐器待命。红卫兵大队长宣布，我们要把资产阶级腐朽作风的代表和投机倒把的代表给揪出来，批倒批臭。

举旗的走在前面，红卫兵头头领队，乐队在后面。从学校出发，先去信用社，把信用社主任揪了出来，罪状是倒卖枸杞，他在自家院子里种了几棵枸杞树，每年可以出售剩余的枸杞赚钱。

下一个去的地方是粮站，揪斗的正是我们同学的父亲，粮站站长，罪状是资产阶级腐朽的生活方式，吃穿过于奢靡。

两个人都被戴上事先准备好的尖尖高帽，胸前挂上写有罪状的牌子，每个人由两个红卫兵押着，从街道的西边游行到学校操场，让他们猫腰站在学生队伍的前面，接受批判。

我的同学，粮站站长的儿子，竟然上台批判他的父亲，我不大相信我的眼睛，儿子批判老子。原来前几天红卫兵头头频繁找他谈话，为的是这事。

批判发言结束时，他在我心目中的形象一落千丈，觉得他太没骨气了，战场还父子兵呢，你的一切不都是父母给的吗，忘恩负义呀！我的想法只是一个不懂世事孩子的天真，实际上那个时期，夫妻、父子、亲朋划清界限的很多。

紧接着是批判白专道路，"两耳不闻窗外事，一心只读圣贤书"随时都可以扣在认真上课的老师和努力学习的学生身上。"小麦韭菜不分"是藐视知识分子的流行语言。

学校要把课堂搬到农田去，课本没有了，请贫下中农讲课，讲农业知识，数学讲华罗庚的0.618黄金分割法。

张杖子大队把一条山沟划给学校，我们到山沟里去上课，学习修梯田，整个山沟作为学农基地，学习从下种到收割的整个农作过程。

赵瑞不准备再读初二了，理由非常朴素充足，种地我可以在家学，还可以挣工分。我从没有想过放弃上学，只要有机会，坚持上学是不可撼动的信念。

初二刚开学，有了新口号，打倒资本主义道路当权派，矛头是当权派，是不是走资本主义道路造反派说了算。出售自家种的东西不算投机倒把，信用社主任摇身一变，成为了造反派头头。农民造反派由出身贫下中农的愣头青的年轻人为主力。为了捍卫无产阶级专政，批判资本主义和修正主义，不吃二遍苦，不受二遍罪，农民开始不种地，搞运动。

各大队的领导先后被揪斗。公社领导也被揪斗，打先锋的就是信用社主任。当时分成两派，造反派和保皇派，造反派得到支持，占了上风。造反派把司令部设在公社领导的办公室，指挥整个运动，派出红卫兵和贫下中农积极分子，押送被揪出的当权派到各大队轮流批斗。

公社、生产大队、生产小队都处于无政府状态。农民不种地，甚至出现了打砸抢。国家开始向工厂派驻解放军，县一级由县武装部主持，各级单位成立革命委员会，建立领导力量。

公社领导是国家干部，由县革委会派脱产干部。县革委员会派张树伟为张杖子公社书记兼公社革委会主任。张书记原来是承德地区农业局生产科科长，被派回老家工作，见过世面，懂得国家政策。公社还新添了武装部长、团委书记、妇女主任等新的脱产干部，造反派只好回到生产大队去造反了。他们有的人成了生产大队革委会主任。大队干部不是国家脱产干部，是由本地任命。兴隆大队的造反派头头自然成了革委会主任，但他不是党员，按常规，当主任可以，当书记不行。结果他搞了个火线入党，先当书记后入党。

从此各级政府有了领导，工业学大庆、农业学大寨、全国人民学习解放军，要一边生产一边干革命。不种地不行了，当时的口粮只够半年吃的，粮食已是当务之急了，要深挖洞，广积粮。

学校不再放暑假、寒假，而是放春假、秋假，方便让学生参加农忙劳动。因为当时高中停止招生，我毕业后的去处成了母亲的心病。母亲不甘心16岁的儿子成为地地道道的农村劳动力，想起了亲戚中最大官的大表兄，决定在秋假时，由我承担家务，母亲带着老妹妹去求求那位在承德地区当卫生局局长的大表兄。

不当家不知柴米贵，我开始承担家务才发现家里根本没有粮食，父亲的一个月15公斤的商品粮支持着一家六口。我们家从5月份就开始借储备粮，借储备粮是有严格限制的，一个月一借，满18岁的成年人每人半公斤杂交高粱，18岁以下减半。

我们家粮食紧张是有原因的，当时生产小队为了少交爱国粮，都会私分粮食，而我家没有劳动力，却要吃生产队的粮食，私分当然没有了。

正是青黄不接的季节，所有家都没粮食了。社员不得已从地里偷挖白薯，藏在篮子里，篮子上面盖上野菜，队干部都睁只眼闭只眼。当时流行一句顺口溜："支书胖、队长肥、十个社员九个贼，剩一个不偷，挨饿你怨谁"。

高粱在吐穗的时候，有些看起来比较干瘪细小的穗头，里面包的不是穗子，而是一种表皮呈灰白色的细棍状的东西，我们称之为乌霉，也称为高粱稔头，嫩的时候可以食用，我和弟弟跟着妇女出工，收工时会带一两个高粱稔头给大妹妹，大妹妹舍不得一次吃掉，藏起来省着吃。

第四天母亲就回来了，原来预计至少要6天，从家到县城一天，在县城的老邵家住一晚上，第二天早晨坐长途车到小寺沟，换火车到承德，在大表兄家里住两天，不能多住，给人家添麻烦，回来两天。

老妹妹告诉我，大表嫂没让进门。

母亲和老妹妹是下晌赶到承德的，母亲在较难的事上具有大将风度，彰显出女性坚韧和智慧的一面，从火车站一路打听到卫生局家属院，在快吃晚饭的时候，找到了大表兄家院门口，大表兄开的门。

"你是？"大表兄问道。

"我是你老姑啊，大侄子。"母亲说道。

"谁呀？"大表嫂推开屋门问道。

"是老姑！"大表兄说。

"谁？啊！就是家庭成分是地主的那个老姑吗？"大表嫂一脸不高兴地问道。

"是。"大表兄怯怯地回答。

"你要是让她进屋，我就跟你离婚，想让咱家跟着吃刮烙啊！"大表嫂阴沉沉地说。

"自己不知道检点，竟敢出来惹是非！"大表嫂显然是冲着母亲来的。

大表兄关上了院子大门。

"咱们今晚住火车站，明天回家。"母亲望着一脸茫然的老妹妹坚强地说道。

母女俩沿着大街回火车站，迎面来了一位年轻的女职工，她刚好下班回家。两个人对视了一下。

"是老姨吧！"女职工问道。

"是大侄女啊。"母亲惊讶地说。

"叫姨姐。"母亲对老妹妹说。

"姨姐。"老妹妹小声喊道。

"啥时候来的，上哪儿去呀？"姨姐问。

"今天来的，没地方住，上火车站凑合一宿。"母亲不好意思地说。

"到我家住，明天我送你们去火车站。"姨姐不容推辞。

原来姨姐两口子曾在宽城县工作，当时租住在大舅的房子里，俗称租房的，后来她们调回承德工作，刚下班回家，正好碰上。

姨姐热情招待了母亲和老妹妹，一定要留母亲在承德玩两天。在母亲的坚持下，第二天早晨姨姐亲自送她们到火车站，路上告诉母亲，她们和大表兄也没来往。

家庭成分是地主的农民，前景可想而知了，但从此没有人在家庭里提及过此事。

初中毕业了，高中暂停招生，回家务农是唯一的出路。

公社社员

正月初二，我正式成为了一名人民公社社员。

开春的第一项农活就是散粪。当时主要是农家粪，农家粪有四大类，圈粪、大粪、灶灰粪、草沤粪。圈粪，是牲口粪和河水淤积的泥土混合发酵而成。大粪，是最优质的农家粪，一般用在自留地里。灶灰粪，是灶灰和火炕烟熏得炕坯粉碎而成，含钾高。草沤粪，在三伏天最热的时候，把容易腐烂的杂草、蒿子等与淤泥混合发酵而成。

冬季，各户把各种粪堆成堆，生产队按立方数和粪的种类折成工分。春季散运到地里，运粪的过程称为散粪。根据耕地的平陡，运粪有两种方法，平地用小推车推，山地用肩膀担。我们生产队平地很少，主要是肩膀担。我准备了挑筐和铁锹，参加散粪。

挑担子不仅是个体力活，还是个技术活。扁担要有一定弹性，但不能太软，走起来让担子上下有节奏地颤动，会使身体轻松不少。换肩是首先要掌握的技术，把扁担从一个肩膀换到另一个肩膀，掌握不好，担子就会掉下去，重要的是扁担在肩的后背处能停得住。实际上，要会用三处承重，两个肩膀和后肩。平路时，两个肩膀承重，两个筐子一个在前一个在后。上坡时，避免前面的筐子会碰地，两个筐子要一个在左一个在右，这时扁担在后肩上，要双手紧握扁担，猫腰弓行。

路很远，一个上午，也只跑3至4趟。刚开始还对付，跑几趟就有点吃不消了。最麻烦的是肩膀，刚开始稍稍有点疼，到傍晚收工时，只好用手托着扁担，重担子时还能咬牙挺住，轻担子反而疼得要命。

吃晚饭的时候，弟弟问我累不累，我大口吃着饭，假装不屑一顾地说不累。吃完饭，就想睡觉，脱掉棉袄，才发现棉袄的肩膀处被血染红了，顾不上那些，钻进被窝就睡着了。

第二天早上醒来，发现母亲正在煤油灯下缝制东西，应该是一夜没睡。缝制的是垫肩，以肩宽为直径的一个圆垫，中间挖掉以脖领子为直径的圆洞，成为环形。再把圆环剪开，在剪开的两边钉上对称的两对带子，把圆环戴在肩膀上，在前边把两对带子系起来，使垫肩固定在肩膀上。

昨晚，母亲虽然没问我累不累，已把儿子的苦楚看在眼里，疼在心上了。

戴上垫肩，好多了，尽管还疼，但不是那么钻心疼了。第二天收工时，肩膀竟然没有出血，只是有点肿。

第三天，我觉得我可以成为一名合格的农民了，挑粪还不熟练，但已不笨手笨脚。到终点，也可以腾出时间在山坡上歇一会儿了。刚坐下，张景学大哥凑了过来，他一直对我很好。张书记被揪斗后，民兵连长当不成了，他比我早半年成了一位不折不扣的农民。

"大兄弟呀，要学会巧干。"他称呼我大兄弟。

"大哥？"我用疑问的口吻喊他大哥。

"你的筐底是平的，别人的筐底是向上凸起的。"他示意我观察一下别人的筐底。

"哦，还真是。"我竟然忽略了这一点。

"还有，粪堆有的地方松软，有的地方瓷实，应该选择松软的地方装筐。"他又说道。

"对呀，松软的地方轻啊！"我肃然起敬地看着他。

"给队里干活要学会出工不出力！"他道出了真谛。

"真正的知识只有在实践中才能学到啊！"我自己诙谐了一下。

去代销店买了新筐，代销店大多数筐底都是向上凸起的，销量好的缘故吧。

装筐时，专拣松软的。实际上，有一道捣粪翻腾工序，用于均匀粪堆粪质的，只不过被应付了，所以粪堆才会有松软的，有瓷实的。

几天后，肩膀上长了茧子，挑着担子也轻松了，有时还哼两句。我得回访一下张景学大哥。

"大哥，你当时应该去读书。"我凑着和他坐在一起。

"大兄弟，你不是也卖苦力来了吗！"他笑着说。

"谁都知道，书中自有黄金屋，书中自有颜如玉，但年代不对呀。"他继续说。

"现在，提干和招工是唯一的出路。"他没让我插嘴。

"当时，我爹是公社书记，我把民兵连长干好了，有机会提干和招工。"他继续说。

"现在要紧的是变成城市户口，吃商品粮。"还是没让我插嘴。

"我爹一被揪斗，一切都完了，修理地球的命啊。"他叹道。

"不是平反了吗？"我终于插上了嘴。

"正式文件还没下来，快了。人没了，一切都完了。"他叹道。

"你爹死得冤啊！"我打着抱不平。

哨子声打断了我俩的对话。那天，我脑子里一直回旋着两个问题。

"人，一定要咬牙活下去，大哥他爹如果活着，一切都可以恢复。"算是我弄明白的一个道理吧。

"我，一个家庭成分是地主的农民，只有靠自己的奋斗，奋斗依靠的还应该是知识，提干招工对我都不现实，上学读书是唯一，尽管非常渺茫。"算是给自己找出路吧。

正月十五刚过，大队部来了两个职工摸样外地人。父亲被叫到大队部，说有两个外调的要找父亲。

从大队部回来，父亲和母亲的脸色都沉重了许多。

一周后，召开全大队社员大会，我们全家都预感到父亲可能被揪斗，但消息保密，包括那位父亲培养了多年的民办教师也不见了踪影。吃早饭的时候，一位我叫四爷的邻居闯进家里，气愤地告诉我们，在会上要揪斗父亲的消息。打那以后我心里一直崇敬四爷。

知道了消息，全家人倒都平静了许多，我和弟弟在会场附近若无其事的玩耍。

当天揪斗了三个人。王永恩，是新中国成立初期的中心校校长，好像新中国成立前为"伪满"做过事；赵老八，就是我的同学赵瑞的爷爷，好像是给日本人做过事；父亲是因为解放军进入宽城时逃走的原因。

被揪斗后就不允许回家了，要由造反派押着在全大队的十个生产小队轮流批判，白天劳动，晚上接受批判。

在关键情况下，母亲又一次表现出女性坚韧和勇气，平时父亲和母亲总是吵架，这回母亲精神格外振作，每天为父亲做好吃的，离家近的亲自去送，离家远的，我收工了和弟弟去送。

北岭村，就是王医生家所在的村，是第一小队。我和弟弟把晚饭送到时，父亲显得非常高兴，从毛巾盖着的搪瓷盆里拿出两个粘豆包，对我和弟弟说："是你王怀恩叔叔送来的晚饭。"

王怀恩叔叔是父亲早期的学生，现在是第一小队队长。他根本不理睬押送人员那一套，白天给父亲安排了一个摆摆样子的轻松工作。晚上，让他妻子做了粘豆包，还做了酸菜冻豆腐，自己亲自送给父亲。这可都是老乡过年才吃的呀。

我和弟弟吃了粘豆包，正要离开，王叔叔回来取搪瓷盆了。

"叔叔。"我和弟弟齐声喊道。

"我们对不住你父亲啊，兴隆沟大队几乎每个家庭都有孩子跟你父亲学过文化，最后落个挨批判，罪孽呀！"王叔叔弓着腰对我和弟弟说，一股子愤愤不平。

学生也不一样，在第四生产小队就有个学生踹了我父亲两脚，被他母亲好一顿唠叨，并亲自找父亲道歉。后来听说，王叔叔是父亲批评最多的调皮生，踹了父亲两脚的却是父亲偏爱的班级干部。

晚上和弟弟给父亲送饭，白天不能耽误出工，已经开始春播了，一年之计在于春，正是春忙季节。

播种用的是全悬挂式铧式犁，主体是带弧形的横梁，横梁的前端固定有小十字架，用来固定牵引绳索，后端安装向后倾斜的犁把手，犁把手的下端安装分土用的厚重的犁铧，用来破碎土块并耕出槽沟，为下种做好准备。比较宽阔且平坦的农田，套上牛拉犁，狭窄的山地则由人来拉犁。抢种是不容耽误的，一个小队有几个小组同时播种。

每个播种小组6人。牛拉犁小组有6个工种，分别是拉牛、扶犁、下种、撒粪、培土。拉牛的和培土的是妇女或小孩，扶犁、下种、撒粪是技术活，壮劳力担当。人拉犁小组，拉牛的换成拉犁，也要壮劳力。

我被安排在人拉犁的小组。下种、扶犁、撒粪、都为技术活。下种通常由上了岁数的老农承担。扶犁的要掌握好垄沟的笔直和深浅，也要经过锻炼才行。撒粪不仅是技术活，还是体力活，用粪耙子把粪扒拉入一种称为粪集子的筐里，用单手把粪集子里的粪撒出，先向左边抢撒出，再向右边抢撒出，恰好把粪均匀地散在4米左右长的垄沟里。这是我唯一没学会的农活。新手显然是拉犁的，没有技术含量，靠的是力气。

一天上午，正在山坡上拉犁，远远看到一个骑洋车子的人正奔向村里，洋车子是当时最高级的交通工具，路上很少见。不会又是外调的吧，一想到外调的就心烦，又一想，应该不是，外调的应该两个人。晌午收工的路上碰到张景学。

"快回家，你二表兄来了。"他也在替我高兴。

我头也不回地跑回家。二表兄已经是宽城县主管文教卫生的副县长。这次来给带来最紧缺的30公斤全国粮票和一条好消息。告诉母亲，国家正在落实政策，父亲很快就会恢复工作。二表兄还提出，他有能力把我们调回宽城老家去。母亲没有接受二表兄的好意，也许是在兴隆沟待时间长了，舍不得。

送走了二表兄，心里很是高兴，父亲恢复工作，我们家又可以正常生活了。想起了样板戏沙家浜里的一句台词："有利条件的恢复常常产生于再坚持一下的努力之中。"这段时间我家太艰难了。

很快，父亲就回家了，写入档案的结论是：解放战争时期在国民党统治区读书。

一周后，父亲被调到15公里外的石杖子大队教书。

夏初的农活是锄地，小苗长出三四个叶时，用锄头沿着禾苗两边锄去杂草，锄地的另一个作用是松土保湿。每个人沿着一垄禾苗，在不伤及禾苗的条件下，用锄尖尽量靠近禾苗，在禾苗的两边各锄一下，然后再在陇背处深锄一下，是个细活。开始我总是跟不上，后来张景学大哥又告诉了真谛，不能太认真，在没人看着的时候，可以用锄推下陇背，把杂草推倒，让土见新。这招要在中间使用，地头要认真一下。还别说，我也能跟上了。

在锄地时，我发现了一个秘密，在有的深山沟的最深处，竟然种有白高粱、土豆和各种蔬菜，这是在和当前形势对着干，被发现是会挨批斗的。

当地没有稻谷，老乡在年三十晚上用白高粱米代替大米，是过年时吃的。白高粱产量低，长得高，容易被风刮倒，有了杂交高粱以后，就不允许种白高粱了。耕地种蔬菜、土豆更是不允许的，上头追求的是粮食产量。敢种禁种的作物一定是生产队长闫凤林的主意，他在担负他的那份责任啊，想的是全村老少的肚皮。蔬菜可以在夏天缺粮时充饥，白高粱让本村人有年过。这也使我弄明白了，为啥闫队长安排把大粪运往山沟里，且经常是派两个比较老实的地富子弟去打理山沟里的农活。对闫队长的尊重之情油然而生。

闫队长新中国成立前是本村的一位雇工，土改时在本地落了户，从我记事就一直是生产小队队长。前两年愣头青造反派吃香，但他一直是小队长，只不过是"靠边站"。这两年粮食紧张，与人斗其乐无穷的造反派，在与地斗时，瘪茄了。闫队长又开始当家说了算了。闫队长有时也偏袒村里的那两个地富家庭。我曾问过他为什么，他的理由是，土改时分了地富分子的土地，防止他们反抗，镇压他们是对的，但他们已经伏法，老实了，就不应该再往死里整。

在以后的劳动中我一直对闫队长高看一眼。

父亲到石杖子教书不到一个月，就从公社申请了宅基地和砍伐证。要盖自己的房子，应该是在被揪斗期间就有了的想法。

父亲周末回来，对大的事项做出决定。弟妹还在上学，我是家里主要劳动力，自然是干活主力。母亲主持管饭的事，想办法给帮工的老乡做好吃的。土木历来是大事，建房子也使我成长了许多。

宅基地批准文件规定用地面积，与生产小队协商选址，最后选定与学校毗邻的一块地。砍伐证件规定了允许砍伐的木材数。

盖房的主要原料有石头、黏土、木材、高粱秸。

石头和黏土自备。石头从河滩上捡，先把尺寸形状合适的石块堆在一起，意思是石头有主了，然后用小推车推到宅基地。黏土从山坡上掘取。白天我自己推，早晚我弟弟在小车前面拉纤。

我们是盖三间半的，不是五间的，大概是费用问题吧。中间是灶火坑，东屋是大间，西屋是小间，开间最好要宽一些。没有图纸，房主只需提出梗概要求，木匠在整个施工过程中说了算。

除了木匠外，所有用工都是靠帮工。帮工清早就开始干活，一直到晚上，不用付工钱，要管三顿饭。木匠除了管饭，还要付工钱。从一开始就要有两个木匠参与，一直到房屋建成，木匠是建房的关键，一定要吃得好。因为请的两位木匠都是父亲的学生，不用担心会糊弄。实际上，几乎所有帮工都是父亲的学生。

盖房的主要花销是木材款、木匠工钱、管饭用的粮食。钱应该问题不大，父亲每月工资46元，是小学老师里最高的，多数38元，也有32元的。粮食是最头疼的，自己还挨饿，要管那么多人的饭，粮食从哪来。

在平泉粮站工作的大姨姐伸出了援助之手，送来了50公斤河北省地方粮票和50公斤全国粮票。地方粮票只能购买粗粮，全国粮票按职工商品粮比例供应部分细粮，粮食有了保证，就好办多了。

第一步是上山伐木，10根柱子要橡木的，坚硬耐承重，不容易被虫子咬；5根大柁中悬空的3根是横向承重，不仅要粗，最好整根是拱形的，只能从柳树里选，另外两根埋在山墙里，有墙帮助承重，也选椽木；其它檩子、椽子都是松木，松木比较直。这一切就放心交给请来的木匠。

当你请别人帮忙时，重要的是让他用心，而不是监督他做的好坏，因为他是行家。

开建的第一步，木匠在房基地确定10根柱子的位置，根据位置挖半米深的地基。在地基上砌起两尺宽的墙，墙高出地面一尺左右，每个柱子位置放一块上面是平的大块石头，这块石头要用四个人抬，是事先选好的。

把大柁放在柱子上是最难的一步，靠人工抬起大柁，放在两根柱子上，在两根大柁的两头放上檩子就稳定了，把所有大柁之间都放上檩子，应该说基础就有了。这时就可以在房子两端砌墙了，称为山墙，后墙也可以砌墙了，只是留出窗户位置，前面窗户多，要等安完窗户再砌墙。

安装二柁和中间檩子就容易多了。安装顶端檩子称为上梁，主体结构就完成了，上梁具有标志性。

打地基和上梁都要选吉时，这要请阴阳先生。破"四旧"把他们当封建余毒整够呛。当你真正用到他们时，你会发现，阴阳先生能存在几千年是有道理的。他们会在处理红白等大事时，给出合理的时间安排和地理位置选择。有时阴阳先生会因为雇主没伺候好而使坏，这只是例外。打地基有点像开工典礼，选择吉时显得更庄重，上梁具有竣工的特征，选择吉时表示祝贺。

最让我信服的是给房子定向。正房定向是罗盘指南针正南方向偏东15度。当你住进正房时，会发现这一定向非常合理，冬季太阳会照进屋里，冬至时，整个炕上都照满阳光；夏季太阳会照在屋顶上，夏至时，太阳会照在后墙上，冬暖夏凉。

上完梁后，在檩子之间钉上椽子，椽子上铺上高粱秸，高粱秸上抹上黏土，在黏土上栅上草，整体就大功告成了。窗户是糊纸的那种，内墙用黏土抹平，搭上炕、灶台就可以住人了。

多余的木料还打了两口柜，大红色的，每口柜隔成两部分，柜面分成两部分，后三分之一固定，前三分之二是柜盖子，盖子可以半开，也可以拿开。放在屋子的北墙边上，是当时最时髦的家具了。

有了自己的房子，意味着我们在这里扎根了，但我的心一直没能扎根，总是惦记着远方。

大概是想补偿一下对父亲的歉意吧，毕竟为这一偏僻山区的孩子学文化付出了艰辛，应该对他的孩子好一点才对。一天收工时，闫队长对我说："大薛，你明天去放羊吧，轻松点。"

我喜出望外，我看中的不是轻松，而是自由，不受约束，受约束的是羊。好像有人说过"生命诚可贵，爱情价更高，若为自由顾，二者皆可抛。"当然，两个自由不可等同，但是放羊绝对是个美差。

我要上学

我把羊群赶到山坡上后，仰卧在大石头上，望着蓝蓝的天空中飘过的白云，又一次唤起了对外界的幻想，多么渴望到大山外面的世界去看看啊！不甘心啊！

可怎么才能走出这大山呢，妈妈曾告诉我，唯一的办法是上学，我一次一次幻想着去县城读高中。我下决心要找父亲，告诉他我要上学。

房子盖好了以后，父亲就很少回家了，工作是重中之重。

我决定亲自去找父亲，母亲非常支持，特意蒸了红小豆馅的馍馍，让我带给父亲。我求村里的一个要好的小伙伴帮我放两天羊。

石杖子大队离家15公里路，要先走进一条大沟，翻过一座大山，再走出一条大沟。

吃过午饭，我挎上母亲装好馍馍的篮子，为了去争取我的梦想出发了。

　　进沟是上坡，刚开始是平缓的小路，路的左边是一条小溪，走在路上可以听到潺潺的流水声，小溪两边是高山，高山和小溪之间是一小片一小片快成熟的庄稼。沟长约3公里，沟的尽头也是小溪的尽头，小溪的尽头是个泉眼，水从石缝中冒出。我把篮子放在石头上，趴在泉眼上，喝足了水，然后用手捧起泉水洗去头上的汗珠，开始爬山。

　　盘山羊肠小路是人走出来的，不是修的。上山不能急，也不能停，停下来就会觉得累。俗语有宁可慢一慢，不能站一站。要不是饿，爬山对一个16岁大小伙子应该不算啥，但我1.75米的个儿，只有45公斤，所以爬山还是要使巧劲。

　　爬上山顶，在山顶上有大约1公里的路，省劲的多了，有凉风吹来，很快把身上的汗吹干。望着层叠的山峦，心情格外舒畅。没有工夫欣赏山景，因为要在晚饭前赶到，要不会饿肚子的。实际上也没有欣赏山景的想法，因为我太熟悉了。

　　下山就是石杖子大队了。上山容易下山难，为防止跌倒，我尽可能慢。

　　我不知道出沟的名字，顾不上很多，放开脚步疾走，很快就来到石杖子村。

　　石杖子村比薛杖子村大，两山之间距离要宽，问过路后，直奔学校。

　　学校也比兴隆沟小学大，两排房子中间是操场，三个教室，一间办公室，办公室在北面一栋房子的最东面，办公室旁边就是父亲的宿舍。

我急不可待地推开宿舍门，跨过厨房，冲进卧室。

盘腿坐在炕上吃晚饭的是两个人，除了父亲，还有一位不在我预料之中。

我站在那里，不知所措，父亲也没想到我会来，三个人都很惊愕。

"这是我们家老大。"父亲告诉另一个人。

"这是公社张书记，快叫张书记。"父亲瞅着我说。

"张书记！"我小声地说到。

"个子挺高吗！叫啥名字呀？"张书记问到。

"李景学。"我已稳住了神。

"哈哈，哈哈！"张书记的笑声非常爽朗，有一种亲切感。

"快上炕吃饭，看来你爸我们俩要少吃点了！"张书记笑呵呵地说到。

晚饭是小米饭熬茄子，父亲盛了一大碗小米饭，张书记在小米饭上放了一大勺熬茄子，满脸笑容的对我说："小米饭熬茄子，撑死老爷子，快吃吧！"

肚子咕咕叫的我不顾一切，拿起筷子，大口大口地扒了起来，几口就把碗里的饭菜给扫光了，这时才注意到父亲和张书记正瞅着我笑呢，原来他们两个人的饭不够我一个人吃。

我眼睛一亮说："篮子里有豆馍馍！"

父亲和张书记拿出红小豆馍馍，吃得很香，我把米饭和菜吃得精光。

"你来有什么事吗？"父亲问道。

"爸，我要上学！"我脱口而出。

顿时，空气凝固了，三个人对视着，我那期盼的目光立刻使父亲和张书记沉默了，没有言语，两人只是用严肃的怕人的眼睛盯着我。

"孩子来了，我得回公社睡去了。"张书记打破了寂静。

父亲和我把张书记送到门口，张书记是骑自行车走的，当地称呼洋车子，是当时最好的交通工具了，很难见到。

张书记既有威严，又平易近人，身体高大，健硕，说话铿锵有力，笑声洪亮爽朗，很宽的前额，两双大眼睛炯炯有神。

张书记是公社党委书记兼公社革委会主任，石杖子大队是他农业学大寨的蹲点单位，他来蹲点时和父亲吃住在一起，两人都有一个共同的爱好，抽旱烟！和在家时一样，父亲在学校留给种菜的园子里批出一小块，种旱烟，烟的成色远近有名，张书记抽旱烟的嗜好得到了保证。

第二天早上，我要在学生到来时离开，父亲特意为我做了大米饭，蒸了碗鸡蛋羹。

父亲吃商品粮，每月有二公斤大米，三公斤白面，大米白面都是非常金贵的，当地老乡过年也吃不上大米饭和白面饺子。鸡蛋更是金贵得很，只有产妇做月子才能吃上，蒸鸡蛋羹是吃鸡蛋最高效的吃法。

父亲把我送到学校大门口，告诉我："现在复课闹革命，今年冬季可能会恢复招生，县高中招生，需要县教育局给公社分配指标，然后由生产小队，生产大队，人民公社，一级、一级批准，要等到招生时看情况了。"

在我脑海里转悠了几个月的想法有了着落，我已经把梦想变成了理想，捅破了挡在梦想和理想之间的那块幕布，至于理想能否变成现实，不敢去想。

我在开工前回到家里，没有耽误放羊。

梦想实际上比较轻松，期盼更加难忍。离招生还隔着漫长的秋天和冬天，当我把羊群赶到山上，期盼就在脑子里晃悠，因为闲着没事儿。

闲着没事儿没能持续很久，放羊这份美差事被贫下中农代表的大傻儿子看中了。

当时生产大队和生产小队的不干活的干部繁多，大队有党支书，大队长，革委会主任，大队会计，妇女主任，民兵连长，革命宣传队，样板戏团，治安委员，夏天又增加了贫下中农代表。每个职位都配有副职，每个生产小队还要安排一位委员，这些人有着不同分工，生产小队的职位要和生产大队的一一对应，生产小队还要多两个记分员，按出勤记工分。队里脑子比较灵光的都当上了干部，扛锄头的只剩下那些"五类分子"和脑子不灵活的社员，因为这些干部每天的任务是开会，贯彻上级的最新指示，主要任务是彻底打倒帝国主义，批判修正主义，割资本主义尾巴，为共产主义日夜奋斗。

秋天到来之前，生产队里的一个惯偷，当上了贫下中农代表，因为生产大队党支部书记兼革委会主任是他媳妇前夫的远房哥哥。这位贫下中农代表好吃懒做，靠小偷小摸，日子过得还不错，有两个儿子一个女儿。大女儿得是痨病，直不起腰来，大儿子，五六岁时淘气，被驴蹄子把脑袋给踢坏了，村里人叫他大傻子，体力没问题，干农活不怵力气。

老爸当上贫下中农代表，儿子不能再干体力活了，看中放羊这一美差。

在生产小队会议上，这位刚上任的贫下中农代表拉高了嗓门说："我们要使红色政权千秋万代不变色，贫下中农要牢牢掌握无产阶级政权，不给反革命势力任何可乘之机，要看好'五类分子'，包括他们的崽子，我们小队就有地主崽子单独行动，这是关系到国家会不会变色的大事，大队革委会主任说了，这是阶级立场问题，要当大事来处理。"

大伙都敢怒不敢言，也习惯了，沉默，不说话是最好的办法。

"谁能把'地主崽子'换下来？"他大声喝道。

没人吱声，他使劲用脚碰了一下旁边的大儿子。

"我！"大儿子反应过来了。

第二天，我又回到了田里，挥起了镰刀。

田里干活的一个好处是，脑子里没时间晃悠期盼了。

一晃，秋天过去了，冬天也过了一大半，眼看就春节了。

一个周六的晚上，父亲回来了，带来了县一中入学申请表。周日父亲填好表送到生产小队小队长闫凤林手里，就又回学校去了。闫凤林那里没问题，他一直对我家关怀有加。

几天后，生产大队要对入学申请开会审查。审查结果是要保密的。我期盼心切，还是特意托我父亲一手培养起来的民办教师，事后告诉我一下，他不但没告诉我，事后总躲着我。

后来碰到大队长王玉庭，他告诉我："你没能通过，你们小队的贫下中农代表说贫下中农的孩子还没能上学，哪能让地主羔子上学。"

我望着王队长离去的背影，敬重的心悠然而生。

王队长是经过土改的老干部，他感到不公啊，一位第一个来到山沟教书，辛辛苦苦从教二十几年，有的家庭父子两代人都是他的学生，自己的孩子却被剥夺了上学的机会。

除了上学，当兵也是走出大山的一条路，我们公社就有两个远近闻名的军队大官，一个是普杖子大队的常武，一个是我们大队四小队的齐郘轩，他们都是团级干部，齐郘轩还在北京部队当团长。

齐郘轩的二弟，齐郘林在县武装部工作，他对我们家很好，我厚着脸皮去托他，想去当兵，齐叔叔告诉我："上学当兵，国家对像你这样可以教育好的子女都不限制，但是和家庭成分好的一比，就没你的份了，不是叔叔不帮忙，是无能为力呀！"我从内心感谢齐叔叔，因为他在为我惋惜。

再有就是招工，名额常常是全大队只有一个。修518公路招工，大队民兵付连长的哥哥去了。小寺沟煤矿招工，治安主任的叔叔的儿子去了。七区铀矿招工，第八小队队长的儿子去了。县汽车队招工，革委会主任的二儿子去了。

努力，失败，再努力，再失败，一年很快过去了，又快到春节了。一个周六的晚上，父亲又带着县一中的入学申请表回来了。

第二天，父亲一大早就去了小队长闫凤林家，在申请表上盖了章，然后直接翻山越岭去了大队长王玉庭家，大队长也在申请表上盖了章，晚上父亲就带着申请表回学校了，直接把申请表交到公社分管教育的领导的手里。

几天后的一个晚上，屋里的广播喇叭咔嚓一下，停止了样板戏的播放。

"下面广播通知：明天，下列人员到公社领取青龙县第一中学的录取通知书，李景学、石万江、常……"

我从被窝里蹭的一下蹿了起来，妈妈也腾的一下坐了起来，把我弟弟妹妹们吓了一跳。

这一夜，我翻来覆去不能入睡，兴奋焦虑。

"薛住，起来吃早饭了，吃完饭赶紧去公社取录取通知书！"母亲把我从美梦中喊醒。

母亲特意早起，为我做好了早饭，我三下五除二就给吃了精光，冲出家门，向公社的方向杨树沟跑去。

取录取通知书的共计12人，发通知书的是县一中的佟老师。他对我说："可以教育好子女的通知书要暂缓发给。"我当时就蒙了。缓过神来后，直接去找正在开寒假会议的父亲了。

还是在父亲回家办申请表时，就已托过县武装部的齐郡林在县教育局给帮帮忙，这次又想到了齐叔叔，我求父亲去县城求求齐叔叔。父亲同意去县城，不是去找齐叔叔，直接去教育局。父亲和中心校校长请了假，下午我们越过那熟悉的山路回到家。

我实在是心切，催促父亲连夜出发。因为到县城25公里，中间还隔着一座岭，那时的交通就靠两条腿，要走4个多小时。父亲决定起早走，在县文教局上班前赶到。

母亲没有睡觉，为我们准备出发前吃的和白天吃的干粮。

午夜1点钟，母亲叫醒了父亲，我根本没睡。

吃饱后，带上干粮，我们出发了。

这是我第一次出远门，当夜的天空非常晴朗，明月当空，月光照在地上，非常亮堂。我和父亲急促前行，很少说话，周围是那样的寂静，只有两个人不整齐的脚步声回荡着。

从薛杖子出发，走在小溪的北面，然后跨过冰面，走小溪的南面，对面是三小队，地名叫前洞沟。再往前走3公里，是岔路口。岔路口的左转是去王医生家的北岭小队，右转就去马圈子公社了。岔路口东侧是一片墓地，平时我是不会在天黑的时候去墓地附近的，民间有很多发生在墓地里可怕的传说，今天我毫无怕意，赶路要紧。

过了墓地是崔杖子庄，多数村庄都是建在阳坡，崔杖子也一样。当时没有电，多数农户也没有煤油灯，村庄在月光下一片寂静，小路从村庄中间通过。过了崔杖子，我和父亲没有走近路爬那个弟弟滚过的小山岭，走大路，绕过山包，就是沈杖子，沈杖子是比较大的村庄，这里有高小和药店。

再往前就是滦河的支流青龙河了，我还从没去过河那边，跨过这条河是我走向外面世界的第一步。

这条河在夏天是要断路的，河面没有桥，只是在河塘里放了几块大石头，人们踩着石头过河，实际上多数人是趟水过河。现在是冬天，只是冰面要宽些，容易滑倒，要小心慢行。

过了河是马圈子公社所在地，与张杖子公社所在地一样，村子要大一些，村子中间有一条坑洼不平的街道，街道大约有一公里长，是东西向的。

过了马圈子就要爬崂子岭了。因为崂子岭是通往县城唯一的道路，修得比较宽，可以走马车，宽的地方可以两辆马车错行。

在山岭的半腰有两处草房，草房的下角有泉水流出，应了有水就有人的俗话。

过了崂子岭，两山之间的距离变宽了，水流变成南北向，路也变成南北向，人类是沿着水路蔓延的。在东山根修了水坝，坝的东侧是河流，西侧是村庄和良田，水坝上是公路，路越来越好走了。

满杖子公社坐落在崂子岭山脚的西侧，公路没有从村庄穿过。

村落里传来了鸡叫声，第一遍鸡叫了。鸡叫通常有三遍，第一遍也叫头遍，离天亮大约还有两个小时，二遍鸡叫，离天亮大约还有一个小时，三遍鸡叫时，天就大亮了。

二遍鸡叫时，我们经过湾杖子大队。

转过山包后，来到岔路口，东转是县东，县城在西边。路又变成东西方向了，两山之间的距离更宽了，我们沿着公路向西走，这里离县城还有5公里。

县城东边最大的村庄是前庄大队，是大杖子公社所属大队，大杖子公社就是县城所在地。

天已大亮，可听到生产队长出工的哨声，然后有挑着粪担出工社员，零零散散向山坡的地上走去。

突然，一辆我从没见过的，巨大的箱体一样的东西从身边跑过，卷起了一片尘土。我好奇地站在那儿凝望。父亲告诉我："那是长途汽车，去山外边，就要坐它！"我的又一个愿望，坐上汽车。

父亲已经在我前面十几米了，我加快脚步。不知不觉中，来到了县城。路上的行人多了起来，我第一次看到如此多的人，还有好几个骑洋车子的。父亲告诉我，要靠右边走，说这是规矩，走路竟然还有规矩。

来到一座小桥边上，父亲停了下来，教育局就在桥的前方南侧，父亲让我在小桥处等。

我望着父亲走进大门，找了小桥边上的石头坐了下来，打量着这座桥。桥大概一米五宽，河道两边用石头垒成墙，在两条墙之间铺上粗木桩，木桩上铺上高粱秸，高粱秸上铺上土，水从木桩下面两墙之间流过，人从上面行走，这个方法在我们家的小溪不是也可以做吗，后来想一想，不太适用，小桥夏天会被冲走，冬天又用不着。

坐在那里，没有心思打量匆匆过往的行人，开始是过一会望一眼教育局的大门，后来已经是目不转睛了。不希望很短时间看到父亲的身影，太短的时间可能是没找到人，又不希望时间太长，太长了说明不顺利。

父亲出来了，在父亲前面还有一位五十左右岁的壮汉，我站了起来，望着父亲。

"这就是我的孩子。"父亲指着我对壮汉说。

"这是县一中的崔校长，叫崔校长。"父亲对着我说。

"崔校长。"我喊道。

"你被录取了，三天后开学，你可以来报到了。"崔校长打量着我说到。

恐怕再出差错，我坚决不回家，当天就要留在学校。

"那好吧，我找一下分管住宿的老师，跟我来吧！"崔校长看着我那祈求的样子，勉为其难地说。

我们跟着崔校长下小桥右转，沿着河边向北，这是去往县一中的一条近路。

崔校长叫崔万才，是一位转业军人，被分配到县一中任副校长，主管后勤。

后来父亲告诉我。父亲走进教育局长办公室时，屋里有两个人，一位是局长，坐在办公桌旁的椅子上，一位是崔校长，站在办公桌旁。崔校长是堵门来向局长请示工作的。

局长示意让父亲坐在凳子上等一下后，就和崔校长谈论请示的事，交待完后，崔校长正要离开时，局长叫住说："哦，这有一个咱们老师的孩子，要上学，生产小队，生产大队，公社三级都同意了，武装部齐郃林也来关照过，你们就收下吧。"

"我就是那个孩子的父亲，已当了25年小学教师啦。"父亲站起来说。

三个人不约而同地露出了微笑，当然父亲的微笑没有那么轻松，他为儿子能上学读书，尽了一切可能的努力。

崔校长把我交代给后勤办的王老师，王老师把我领到宿舍，父亲看到我有睡觉的地方就回家了。

学生宿舍是一栋很长的瓦房，有五个门，一个门是一个宿舍。宿舍内两边是炕铺，每铺炕上6个人，一个宿舍住12人。炕铺分成两部分，靠墙的一半是用土坯砌成的火炕，用于取暖加热，靠过道一半是架空的，用于放置每个人的用品。整栋房子地基抬高，取暖用火灶在室外，每一铺炕在室外对应一个火灶。我被安排在第3宿舍靠东边的铺上。

已经非常疲惫了，两天一夜没合眼，一直处于焦虑状态，掩上门，我倒在炕上就睡了。

"大哥，大哥！"喊声把我从熟睡中唤醒，已经是第二天的晌午了。

我一骨碌爬起来，弟弟已经站在宿舍中央了，旁边放着一个担子。

弟弟是挑着担子来给我送被子的，他身体比我壮，不怵卖力气。除了被子还带来了三天的干粮，有玉米馍馍，有冻白薯。

弟弟急着赶回去，就张罗着走了，我递给他两个玉米馍馍。

"你留着吧，我回去吃。"弟弟轻松地说到。

走到门口时，弟弟想起点什么，从棉袄的内兜里掏出一个布包。

"妈妈说，这个够你一个月伙食费，要先到银行去换成钱。"弟弟说。

打开布包，是一个沉沉甸甸的，手心大小的小圆月亮，上面有个光头头像，后来知道是袁大头。

为了安全，我和弟弟一起去县城的银行，换了七块五角钱。弟弟比我胆大，以前跟村里的叔叔来县城赶过大集，知道路，只是饿着肚子，我有些过意不去。

回到学校，我才发现学校好大呀，仅操场就有我们村子大。操场南面是生活区，靠近校门旁的西面是锅炉房，供应师生开水。锅炉房东面是学生生活区，中间是食堂，食堂两侧是学生宿舍，每侧对称三栋南北排列的宿舍，我在食堂东侧的中间那栋。操场北侧是四栋两排教学区，三栋是教室，一栋是老师办公室。教学区北侧是学校的菜地，供应学校食堂和老师家属用菜。菜地北侧是家属区。

三天后，校园热闹起来，我们宿舍住进了11位同学。

教育改革以后，中学四年，初中二年，高中二年，学校有初中四个班，初一和初二各两个班，全是县城职工的子女。

高中是全县招生，已有高中二年级四个班，新招高中一年级四个班。一班二班是县城职工子女，他们基本都能读完中学。三班四班是农民子女，我被分在三班。

邓小平复出工作后，大刀阔斧整顿社会混乱局面，工厂恢复生产，农民开始种地，学校恢复上课。学校教师队伍，除了恢复工作的老资格，还补充了大批下放的大学毕业生。我们班班主任范祝阁老师，也是我们三、四班的语文老师，数学老师是本县去外地读大学回乡的，物理老师和化学老师是来自天津的大学毕业生，俄语老师是来自北京的大学毕业生，只有政治老师是本校的老老师，是最近恢复工作的，恢复工作的老资格老师都在高二任教。

我在社中那两年初中，基本没上课，除了"老三篇"，就学了一点代数，都不知道几何、物理、化学是啥，与高中对接就一片茫然，有很多同学都非常吃劲。我并不觉得是个啥大事，抓紧一切时间进行补习，老师也深知学生们的难处，对我们非常耐心，热心。大约两个月时间，我已基本听懂老师讲的高中内容，任课老师常把我当例子来鼓励落后同学，我被选为数学课代表。

范老师也是出身农民家庭，在平泉师范读书时，凭自己的勤奋获得了优异成绩，是由中等师范学校分配到县一中的唯一的一位教师，多数都是分配到公社教初中和小学。范老师对我的勤奋非常认可。

大概开学十几天后，我们宿舍来了一位新同学，许先勤，班里还多了两位女生，刘怀琛和张春芳，他们3位和我一样都是"可以教育好子女"，只不过两位女生是吃商品粮的，我和许先勤是农民。

除了抓紧补习功课，我对班里和宿舍的事也决不含糊，轮到我生炉子和烧火灶时，绝对尽职尽责，教室和宿舍都是最暖和的，被选为生活委员。生活委员主要负责月初时为同学们购买饭票，这是一个不能出差错的活，差一张饭票就得自己挨饿。

高中住校生享受职工待遇，定量供应商品粮，学校菜园子有专门种菜的师傅。我们每个月交6元钱，购买一个月的餐票，凭餐票到食堂打饭，每人每月3公斤细粮，12公斤粗粮，粗粮有高粱米和小米，高粱米吃米饭，小米吃稀饭，细粮吃馒头，一张细粮票四两，中午买两个馒头。

饿肚子还是饿肚子，一天半公斤粮食，在没有副食的情况下，对大小伙子是远远不够的。但对我来说，则是天壤之别了，能吃米饭和馒头，那是多少农民的梦想啊，我是第一次吃馒头啊。

在踏实地确认能读高中了，我想家了，准备回家一次。一个周六的中午，我用六张细粮票买了12个馒头，用毛巾包好，装在书包里。上完下午的最后一堂课后，我背上书包踏上了回家的路。

到家时已经天黑了，弟弟妹妹都已经在被窝里了，母亲刚要睡觉。弟弟妹妹趴在炕上，从被窝里抬头看着我，我急忙从书包里掏出馒头，一人一个。

"这是啥？"老妹妹问道。

"馒头，快吃吧，好吃！"妈妈说到。

妈妈会做馒头，只是有限的白面舍不得用来做馒头，包大馅饺子要实惠得多。

妈妈拿来晚上吃剩下的蒸白薯，在我的要求下，妈妈不情愿的拿起了一个馒头。

我吃着蒸白薯，妈妈吃着馒头，对视着，没说话。

第二天，吃过中午饭，我把书包装满了蒸熟的冻白薯返回学校。

接下来六天中午，我用冻白薯当中午饭，尽管不如馒头好吃，但可以撑饱肚子。

住校的生活费是夏季每月5元，冬季6元，这对全家都是农民是一笔不小的开支，农民一天的工分到年终分8分钱，这也是有些农民子女辍学的原因。父亲每月有工资，要比农民好多了，但我原来是挣工分的劳动力，现在变成每月消费6元，还是给家里增加了很重的负担。

班里的劳动委员叫石万江，家在父亲工作的大队，也是父亲的学生，他和我很要好，学习成绩也非常优秀，我们两个商量着能否打点小工，挣点钱。恰好同班的一位同学的父亲在运输站工作，他父亲给我们找了一份装水泥的差事，把库房里的散水泥装进水泥袋子里，一天8角钱。

星期日的早晨，我们俩来到仓库。石万江撑着口袋，我用铁锹铲起水泥，装进袋子中，隔一会换一下角色。中午我们两个用带来的白薯充饥，下午接着干，傍晚的时候，我们已把一堆散水泥装进了袋子里。只是我们两个从头到脚全身沾满了水泥灰，看着对方灰头花脸傻笑。我们用扫帚扫去衣服上的水泥灰，洗了脸，从会计那接过8角钱，谢过同学父亲，高兴地回学校。

走在回学校的路上，我突然想明白了点啥。父亲和我付出那么大的努力，争取的是学习知识的机会，不是打工赚钱，这是在玷污为我创造学习机会的人，星期天应该用来学习。从此彻底打消了打工赚钱的念头，全身心投入到学习上。

国家重视教育的程度越来越高了，学校开始考试，排名次。期中考试我获得了全年级第一名，数理化在班里是没人能比的，只是语文，刘怀琛要比我强，主要是作文，总是逊于她。

范祝阁老师很器重我，让我负责班级的黑板报。虽然我会抓紧一切时间学习，但我也一直对集体的事情保持着热情。

每个班级都有一块室外黑板，由各个班级负责该黑板的更新，一般是一个月更新一次。黑板在教室的外墙上，黑板用来登载新闻，好人好事，师生的投稿等，是学校的一块宣传阵地。

黑板报的内容由班主任敲定，由我负责更新。更新前，先用湿抹布沾水擦去旧的版面，再用干抹布彻底抹净灰渍，然后根据内容的重要程度分配版面。显眼的是标题的字体和大小，次之是版面的花边和分割线。文字部分只是用白粉笔书写就行了。

在范祝阁老师的指导下，我很快就能用隶书，楷体和宋体三种字体书写标题。先用淡笔划描出标题的位置，再画出笔画的外框，然后用红色粉笔描实，最后用黄色粉笔着色笔画的外框。写楷体时，有时也可以把抹布沾湿，攥成圆头，直接在黑板上书写，再用红黄粉笔描实。我曾试过其他配色，效果最好的还是实体红色，边框黄色的字体效果最好。

经过几次努力，我们班的黑板报已从所有班级的黑板报中突出出来，开始被师生们关注，尤其是引起了校方的关注。

除了每个班级有一块黑板报外，学校还有一块最大的黑板报，在学校最显著的位置，是教室区和家属区的必经之路。这块黑板报是校方的，由校团委负责，当时每个班有团支部，学校有团委。

团委书记找到我，让我担负写黑板报任务。换黑板报是个脏活累活，尤其是擦去旧版面。脏累对农民的孩子根本不是事儿，我非常高兴地答应了，开始负责学校和班级的换黑板报任务。

我不会因为任何事情耽误我的学习，换黑板的事就只有在中午做，一般是擦净旧的版面用一个中午，写新的用一个中午。

换班级黑板报，没有啥，因为在比较隐蔽的地方。换校方的就不同了，引起大多数老师的关注，几乎多数老师都见过，一个瘦高条，古铜色皮肤的学生，在别人休息的中午时间换黑板报，而且是那样的认真。不经意间，我已小有名气。

有一天，班级团支部书记拿着入团申请书来找我。

"景学，政治上也要积极要求进步啊！"支部书记说。

"我多么想加入共青团组织啊，可我家成分不好。"我说。

"党团组织的大门对可以教育好子女一直是敞开的。"支部书记说。

"我一定积极要求进步。"我接过入团申请书。

"接受组织考验吧。"支部书记接过填好的申请书后对我说。

很快，我的入团申请被批准了，觉得压抑在心头的那块石头轻了很多。

在秋季召开的中国共青团青龙县全县代表大会上，我以可以教育好子女的典型被评为先进团员。

正在全国人民为社会主义建设的大好局面而高兴时，全国掀起了反击右倾翻案风运动，邓小平又被打倒了。教育领域出了白卷先生张铁生事件。邓小平主持工作后，大力整顿瘫痪的教育战线，学校恢复上课，对大学招生制度也进行了整顿，学员在地方单位推荐后，通过考试录取，避免地方单位只顾推荐自己的子弟上大学，不管学员的文化水平，大学老师没办法授课。

在当年的考试中，张铁生考生不会答题，在卷子的背面给领导写了一封信，结果被"四人帮"抓成了典型，给招生考试扣上了很多名目的帽子，彻底否定了招生考试，高等学校招生一律由基层推荐。高中毕业都要到广阔的农村去接受贫下中农再教育。

我们县属于边远山区，也是出于对县机关子女考虑，以边远山区缺少教师名义，当年高二毕业生中，户口是农民的回乡，户口是城镇的全部当老师，补充到教育战线。

范祝阁老师拿来了一本资料，是对新教师的一份参考读物，范老师希望能给高二要去当老师的同学人手一份。因为以前我给班级里刻印过类似的材料，不过那都是1页，这次10页。

当时没有复印机，要把一份东西弄成多份，所用办法是蜡印，就是把字刻在蜡纸上，把蜡纸放在印版上，用沾了油墨的滚子在印版上滚，油墨通过刻透蜡的地方印在白纸上，一张蜡纸最多可以印几十张。

刻蜡纸是把蜡纸铺在专用的钢板上，用专用的刻笔在蜡纸上刻字，使笔画处的蜡刻掉。要使巧劲，重了纸刻漏了，轻了字不清楚。

刻蜡纸对我是轻车熟路，只不过有点多，我不希望我的社会活动影响我的正常学习，所有学习以外的任务我都会尽快完成。

那是个星期六的晚上，刻着刻着天亮了，吃早饭铃响时，我刻完了10张蜡纸。白天我在石万江的协助下，印完了60份。星期一早晨交给范老师时，他有点惊讶。

"你真有点头悬梁锥刺股的精神！"范老师说。

母亲不止一次讲过头悬梁锥刺股的典故，只知道是刻苦学习的范例，后来知道了悬梁说的是孙敬，刺骨说的是苏秦。

头悬梁

东汉时，有一个叫孙敬的年轻人，孜孜不倦勤奋好学，闭门从早读到晚很少休息，有时候到了三更半夜的时候很容易瞌睡。为了不因此而影响学习，孙敬想出一个办法，他找来一根绳子，一头绑在自己的头发上，另一头绑在房子的房梁上。这样读书疲劳打瞌睡的时候只要头一低，绳子牵住头发扯痛头皮，他就会因疼痛而清醒起来继续读书，后来他终于成为了赫赫有名的政治家。

锥刺股

战国时期，有一个人名叫苏秦，也是出名的政治家。在年轻时，由于学问不多不深，曾到好多地方做事，都不受重视。回家后，家人对他也很冷淡，瞧不起他。这对他的刺激很大。所以，他下定决心，发奋读书。他常常读书到深夜，很疲倦，常打盹，直想睡觉。于是他想出了一个方法，准备一把锥子，一打瞌睡，就用锥子往自己的大腿上刺一下。这样，猛然间感到疼痛，使自己清醒起来，再坚持读书。

高中一年级很快就过去了，我在期末考试夺得全年级成绩第一名，班主任范祝阁老师也很高兴，因为这是他在县一中首次任教。

高二，我仍然保持着饱满的热情，在抓紧一切时间用心学习的同时，对社会活动主动积极。高二的任课老师都是老资格，他们对学习上进的学生赞赏有加，我也从他们身上学到了比课本知识更重要的东西，思维方法。对我影响最深的是数学老师和物理老师。

任数学课的杨铎老师是六五年回乡的优秀大学生，在一中已任教七年，是一中的一流数学老师，杨老师对我关爱有加，除了我学习刻苦外，还因为我们有着同样的家庭背景。他和我父亲一样，是单职工，师娘和杨老师的两个儿子在30公里外的乡下，是农村户口。杨老师懂得我全身心投入学习的内在动力。杨老师帮我养成了缜密思考的习惯。

对我最关爱的是教物理的孙兴庸老师，孙老师是新中国成立前的东北大学毕业生，也是青龙县一中的建校元老，受到全校师生的爱戴。孙老师对我的欣赏是因为不经意的一件小事。

当时学校每年有一个月的学农课，我们被安排到乡下帮助生产小队收秋，主要是砍高粱和刨白薯。孙老师被分配到我们班。我是生活委员，是炊事班班长。我使出了在家做饭的本领，早晨蒸白薯，中午高粱米饭，晚上喝粥，调剂着汤类，蒸鸡蛋羹，尽可能搞好伙食。使孙老师欣赏的当然不是这些，是我一直与出工的同学们在一起打饭吃，而不是与炊事班一起吃。这在我看来是理所当然，却触动了孙老师的内心，我们成了忘年交。

高二的物理课是电学部分，留给我印象最深的一次物理课是在讲电路的三角接法和星形接法。孙老师在课堂上讲解了两种电路接法后，领着全班同学到实验室的两个电机旁看了一圈，回来问同学们，两个电机哪一个是三角连接，哪一个是星形连接。没有一个同学能回答出来，看了第二次，也没有同学能回答。孙老师告诉我们，三角形连接应该是电机的六颗线两两接在一起，而星形连接应该是有三颗线连在一起，另外三颗线独立。这堂课让我明白书本上的视图是现实的抽象。

孙老师会邀请石万江和我到家中做客，老师的住房并不宽松，一座很长的瓦房隔成一个个小院，沿着两栋瓦房之间的小道，走到第五个院门就是孙老师家。院子很小，右边是劈柴和煤堆，左边有一个矮小的窝棚，奶奶住在窝棚里。屋内和农村的民房差不多，进门是灶坑，灶坑和室内由一堵墙隔开，室内南边是炕，北边沿墙摆放着两个大箱子，吃饭时在地中央支一个饭桌，吃完饭撤掉。孙老师家比我们家还要挤，炕上睡五口人应该是满满的，孙老师有一个女儿，两个儿子，女儿和大儿子在读高中，小儿子读小学。

我可以自由进出物理实验室，在讲无线电原理时，孙老师鼓励我们自己组装收音机，不仅可以加强对学习无线电原理，还可以提高动手能力。我和石万江凑了1.75元，从五金公司门市部买来材料，一个三极管放大器花去了0.75元。电路元件安装在三合板上。整个收音机分成三部分，接收部分用的是谐振原理，放大部分用的是三极管的放大功能，喇叭部分是电声转换原理。

一个星期日的下午，我们把它给鼓捣出声了，欣喜若狂，毕业后带回家里，珍藏在大柜上。

高二是毕业班，两个问题突出出来，一个是恋爱问题，我们都是十七的青年人，搞对象是自然而然地事，因为自己出身的卑微，被我压在心底。

另一件则一直缠绕在我的心头——上大学。如果有考试这一关，我还可能有微妙的希望，只靠推荐我是一点希望都没有了，但那是我的梦想啊。

毕业时间很快就到了，职工孩子下乡，农民孩子回乡。毕业时我们班有三名学生被评为学校三好学生，石万江、刘怀琛和我。

毕业那天，下起了大雪，只剩下我们最远的张杖子公社的四位同学。踌躇中，我第一个走出宿舍，推起了装好行李和书的小推车，另外三个也打起了精神，四个人两辆小推车，回家。平路时我们换着推车，爬崂子岭时，一个在小车前拉，一个在后面推。

雪越下越大，变成了鹅毛大雪，崂子岭的上坡路上，四个雪人在蠕动着，迷茫时，家是一个奔向的地方。

走出大山

回乡的第二天，我被派送到生产大队的农业学大寨工地，投入到轰轰烈烈的农业学大寨运动中。

冬季，除了生产小队自己组织农业学大寨外，要从各个小队抽调一部分劳动力，参加生产大队组织的大型农业学大寨工程。各地的学大寨工程都是为了提高革委会主任的业绩而创造出来的，要尽可能宏大响亮，一定要与毛主席的最新指示联系上，能引起上一级革委会主任的注意和赞赏，创造得到提拔的机会。

今冬的口号是落实毛主席关于"南粮不北调，北煤不南运"的伟大号召，要在十年九旱的山沟里种水稻，要让适合生长谷子、高粱、玉米、白薯的山沟里长出水稻来。

办法是在两山之间截流，修一座大坝，在大坝下游的石滩上铺土造田。能否长出水稻不重要，劳民伤财也不重要，重要的是声势，要尽可能让上级革委会知道，把自己提拔走了，剩下的事留给下一任等待提拔的革委会主任。

工地分成两部分，修坝和造田。造田就是把山坡上比较厚的土运到河滩上，在河滩山铺上一尺厚的土，我被安排在造田工地。工具是单轮小推车，车轮两边放上土筐，土筐前面开口，抬高小车把手，土从筐中倒出。我推着小推车来到工地。

"才子也来干苦力啊！"一位老伯乐呵呵的对我说。

"干不了几天就得走，看看咱们干苦力的有几个是机灵的。"旁边一位老叔哼了一声说。

大伙并不急于开工，领导还没来。每天有位值班领导，其他领导都在忙于开会。有时所有的领导都会到现场，那一定是来开现场会了。值班领导一般是开工时来点个卯，然后借口离开，收工时再回来。干活的也是开工时推几车土，收工时推几车土，中间唠嗑，俗称"磨洋工"。

去程是上坡路，推着空车也很费劲。回程是下坡，坡很陡，要拉紧闸，弓着腰，稳住脚步，不然，到坡下面时，筐里的土全撒了。一天下来，我是筋疲力尽，腰酸腿痛。

一天，我正弓着腰，拉紧闸绳，踉跄的从坡上下来，忽然发现不远处有个人影站在那里，我急忙把小车腿按在地上，双脚前蹬，屁股坐在地上，车朝前滑2米多，在那人的脚前停了下来。抬头一看，是大队革委会主任。

"听说你会写黑板报？"革委会主任居高临下地说到。

"在学校时写过。"我喘着气。

"你把工地的黑板报办起来。黑板、粉笔找学校，写的内容找大队宣传委员。"革委会主任说完就走了。

工地有两个大喇叭，整天播放样板戏，群众有点腻了，黑板报可以更新，表扬工地的好人好事，还能看得见。

轻车熟路，黑板报很快就办起来。一次我在写黑板报，又听到老叔对老伯嘀咕："我就说嘛，机灵的不干咱这苦力。"

几天后，全公社要在我们大队农业学大寨工地召开宣传工作现场会。

这一天，现场热闹起来，工地上插满红旗，我还写了两条红色横幅。大队和小队的所有干部都到了现场，工地热火朝天。

会议开始前，所有干部都在劳动，推土的就是原来的三倍。会上公社领导充分肯定了我们工地的宣传工作，要求各个大队都要办黑板报。

记忆深刻的是一位老农背诵"老三篇"，他站在台上，能一口气把愚公移山背下来，我十分钦佩这位老农学习毛主席著作的精神。后来知道他是我的一个同学的父亲，智障，但记忆力超凡。

上大学的梦想一直缠绕着我，一次我以购买彩色粉笔为名，请假去了县城，真实目的是要找孙老师探讨一下上大学的可能性。

"现在又不重视教学了，搞运动成风。"在实验室里，孙老师心情沉重地说。

"你们那两年赶上邓小平主持工作，学了些东西。"孙老师接着说。

"我真想再多学些知识呀。"我说。

"现在的形势可能性很渺茫了。"孙老师感叹道。

我们都认为上大学是不可能了。孙老师想出了个法子，他想说服校方把学校后勤招工的一个指标，带名额指名到我们大队。县一中后勤至少是一份像样的工作，更重要的是可以变成职工，吃商品粮。

当时城市职工要比农村老乡优越得多，城市户口有定量供应，粮食副食都有保障，只要母亲是城市户口，孩子也是城市户口，户口跟母亲，不随父亲。

农民交足了爱国粮后，所剩无几，常常是开春就没啥可吃了。养的猪要交爱国猪，好换取布匹，煤油等日用品。变成城市户口是一个农民孩子梦寐以求的愿望。这是我最奢侈的梦了。

我告别后离去，到校门口时，回头看到孙老师一只脚弯曲着蹬在门槛上，一只脚站立，背靠在门框上望着我，我挥了挥手，走出了校门。

大约一个月后，我们大队五小队的上一届毕业生唐自强去了县一中后勤，吃上了商品粮。他哥是革委会副主任，且和主任是拜把子兄弟。

县一中得到的答复是，大队所属小学要戴帽，办初中缺少人才，不放。

是呀，总能为掩盖真相找到冠冕堂皇的理由。

商品粮没吃成，倒是促成民办教师的差事，要不是县一中指名招人，这个美差是不会落在我头上的。

农村学校得到了蓬勃发展，十个生产小队办了五座小学，四年级以下的学生可以就近上学，五年级的学生还是要到大队部所在学校上学，称为中心小学。中心小学有三个小学班，一、二年级一个复式班，三、四年级一个复式班，五年级一个班，相当原来的高小。初中一年级一个班。小学三名民办教师，初中三名教师，一名民办教师，二名公办教师。我负责五年级的所有课程，理所当然的班主任。

和做其它事情一样，我全身心投入教学中。我没有上过师范学校，更不懂得教育学和教育家们的那些名句，唯一有的，是热情和内心对农家孩子的感知。

认真备课是重要的环节。办公室里两位老师对坐，一人一个办公桌。和我对坐的是校领导，他也兼初中一年级政治课。民办老师和一位公办女老师晚上回家住，一位外地公办老师住校。我家就在学校隔壁，我会第一个到校，帮助住校老师打扫办公室卫生后，去班里督促早自习。晚上我会回到办公室，在煤油灯旁批改作业和备课。我会认真写教案，但上课时从不看教案，教案在脑子里。写教案有两个目的，一是把要讲的内容印在脑子里，二是留给领导检查。

五年级一个班53个学生，他们最远的离学校6公里，有的还要爬山。尤其在冬天，他们要天蒙蒙亮就从家里出发，在冰冻的河面上，或者在溪边的石子路上从五条不同的山沟沟里赶往学校，家境好一点的用铝饭盒带中午饭，大多数只是书包里装两块白薯。晚上放学要摸黑才能赶回家，对十一二岁的孩子来说这是够难为的。

我用要求自己那样要求学生，认为学习是改变人生命运的唯一途径，在学习上要求得极为严格。一位学生的遭遇触碰了我这一想法的底线。

有一位同学，离学校不是最远的，但有一段时间总是迟到，作业也完成得很敷衍，我批评了几次都没有改变。有一天他没有完成作业，放学后我把他留下了，让他把作业完成再走。

"老师，您不能留下我，家里还等着我做饭呢，我妈妈病了。"他望着我说。

"你父亲呢？"我问道。

"我父亲去世了。"他低下了头。

我愣了一下，立刻放他回家了。

他走了，我坐在教室里，直愣愣地看着黑板，思考着两个问题。

第一个，我对学生要求的是不是有些过分严格了。孩子来自不同的家庭，有着不同的背景，如果都按照自己的想法去要求就不合情理了，我的责任是向他们传授知识，而不是要求一定按我的想法做。想一想这娘俩为孩子上学的付出，我还有什么理由不做好自己的教学工作呢。

第二个，学习是改变人生命运的唯一途径，这一命题是否正确。社会背景不同，历史背景不同，决定人生命运的东西也许不同。现实就说明，改变农民孩子的命运有两条，一是当兵，一是招工，而这两条靠的都是长辈这一后台。

这一年发生的另一件事，是三、四年级的班主任老师被推荐上了平泉师范。这是近三年我们大队唯一获得的推荐上学的名额。因为他姐是大队妇女主任，所以落在了他头上。

一次，我讲完课后去如厕。厕所是中间隔开，一边男厕，一边女厕。女厕里一位大妈和大婶在唠嗑。

"听说老王家那小子上大学了，不教书了！"大妈的声音。

"还不是靠他那个当妇女主任的骚姐姐。"大婶的声音。

"就是。"大妈的声音。

"要不是和革委会主任有一腿，她能当妇女主任，哼！"大婶的声音。

"只听说，是真的吗？"大妈的声音。

"是真的，革委会主任上小学时就搞破鞋，要不他老整人家李老师了。"大婶的声音。

"别说了！"大妈的声音。

"我怕啥，我家八辈子贫农！"大婶不屑一顾。

我悄悄地离开厕所，想起了以前听到的传言。革委会主任在四年级时和他现在的一位情妇搞对象，影响了他上高小，他的文化水平是小学四年级。他把没能上高小的仇，记在了他的老师我父亲身上。我一直对此半信半疑，也从没问过父亲。

一年很快就过去了，年终我被评为先进教师，津贴由6元变成了8元。民办教师除了所在生产小队给记全勤工分外，每月发给6到8元不等的津贴。

新的一年，原来的五年级学生，除家庭特别困难的，都升入初中一年级。新一届五年级全班56人，我还是五年级班主任。

通过一年五年级的教学，我对高小的教学内容有了自己的感悟，初小是接受式学习，而高小是发挥式学习的开始。语文和算术两门课程尤其明显。

语文课，从五年级开始有作文，这与造句有质的飞跃。作文开始了对学生综合能力的培养，观察能力，想象能力，表达能力，语言组织能力，语法应用能力，自我发挥能力等等。作文也是使学生之间拉开距离的开始，已不再有统一的答案。所以我在作文课上投入很大精力和热情。用我多出的24元津贴，购买了十六开方字格的专用作文本，在每一本上用楷体写上学生名字，名字下面写上五年级，使同学拿到作文本有一种仪式感。

我把连续两节的作文课分开来上，一节讲解作文题和要求，让他们在练习册上打草稿，一星期后上另一节，让学生把草稿抄在作文本上。我会认真批改每一篇作文，增加了眉批和段批，文后批语也尽可能具体，用学生读得懂的文字，不用概括性和抽象性的句子。作文的批改时间几乎占用了我晚上的大半时间。

我会选好、中、差三篇作文作为范文，对范文进行讲评时，都会指出长处和短处。

算术课中小数点和分数的内容，已经是抽象的数学范畴了。从普通常识进入了抽象的数学概念，应该是高小算术课的特色。就书本内容来说，简单易懂，但事实上这部分内容比初中的代数课难懂。在去年的教学中，我认为我已经讲明白了，学生也应该听懂了，后来发现不仅学生没懂，其实我也没彻底弄懂。

小数点实际上是进入数学分割范畴，整数是常识性的。肤浅看，小数点也很容易理解，但问深了就完全不是那么回事了。比如你能知道1和2之间有多少数吗，又比如，你能解释清楚在除法里，商大于被除数的意思吗。

分数概念更是如此，在课本的例题中都说得明了简单，实际上分数的概念要深奥很多，分数可以表达小数不能表达的数。更难的是由分数引出的比例等式应用题，可以难倒很多数学达人，因为这类难题在中学代数课里，用设未知数的办法就容易多了。

为了使学生尽可能对小数和分数充分理解，在备课时尽可能分析学生误解的可能性，在课堂上对一个例题进行多角度讲解，并尽可能放慢速度，留给学生消化时间，提出一些不超范畴的问题，拓宽学生思路。尽管如此，在比例等式的应用题上，还是不能令自己满意。

大概在夏秋季的时候，老乡们开始夸我课讲得好。这也是不经意发生的，我们教室后面是一片庄稼地，老乡们在锄地的时候，偷听了我们几位老师的讲课，他们的说法是"李老师家的那个大小子课讲得好！"这种口传的说法有时更有说服力，传播得更远。

入冬时，公社负责教育的委员，也是中心校校长，来我们学校检查工作，要听我的课，看我的教案和学生作业。

语文课是一篇忆苦思甜的课文，我决定聘请校外辅导员刘普英配合这堂教学课，并作为一堂作文课。听课的是本校负责人和中心校校长两位老师。

课堂的前五分钟，我让语文课代表朗读了课文。三十分钟留给了刘辅导员，这位参加过解放战争的残疾军人，是土地革命时首任村长，在老乡中有着很高的威望，是学校多年聘请的校外辅导员，给学生讲课已不陌生，因为是苦出身，所讲内容也很生动。最后十分钟，我用几句话概括了课文和刘普英辅导员的要点，要求同学自己命题写一篇读后感。我把读后感的三条要点写在黑板上时，下课钟声响了。

回到办公室，校长只字未提听课的事。吩咐我，把讲案，学生作业，特别是作文放在办公桌上，晚上他要占用我的办公桌，我就不要来备课了。

第二天早晨，我到办公室时，校长已经回公社了。在办公室外面听到负责人对请校外辅导员的赞扬，进教室后就没有人再提起过听课的事。按常规，公开课是全公社的同年级班主任听课，听完之后要进行讲评。

各大队的戴帽初中二年级在年底就毕业了，毕业后的去向需要解决，据传筹备组在建社办高中。有传言，我是任课老师人选之一，但负责人和周围老师都闭口不谈此事。

寒假都要召开教研组会议，会议在公社中心校召开，6名五年级班主任老师一个教研组，我是教研组组长。整个会议期间没有任何人提起我到社办高中任教的事。

会议结束的下午，在全体会议的最后，中心校校长宣布人事调动事项，我被调往公社所在地的中心校任社办高中老师。

社中离家12公里，需要住校。住校的6名老师，3名公办老师，3名民办老师，我负责管理伙食。3名公办老师都是单职工，所以他们入伙也是粗粮，民办老师每月生活补贴18元。公办老师的生活水准下降了，民办老师的生活水准提高了，虽然是粗粮，但以米饭为主，一周会有蛋和肉类辅食，尽管很少。

烧火做饭是一位刚满16岁的女孩，邢丽君。邢丽君的父亲原来是县粮食局的局长，犯错误被专政，母女被下放到老家，因为她叔叔邢士彦是本校的初中老师，介绍侄女到学校给老师烧火做饭，白天可以抽时间旁听高中一年级的课。

高中一年级有4名老师，语文是区中心校派来的孔老师，化学是本校的马老师，政治课由学校负责人景校长兼任，我任数学和物理。班主任是孔老师，孔老师由县城派到地方，有些情绪，由我任副班主任。

班里一共60名学生，来自6个生产大队的30个村庄，最远的

12公里，没有条件住校，每天起早贪黑奔走在学校和所住村庄之间。

只读过两年的高中生，竟敢教高中，还是数学物理两科，靠的是胆大和热情，我的热情来自本能，不需要自己鞭策，也不用别人鼓励。

有了两年五年级的教学经历，我不怵讲课。认真备课写教案，但在课堂上从不用教案，说话也没有哼哈等尾巴，有出黑板报的底子，板书也没得说，上课一切顺利。

我仿照五年级的做法，统一购买和装订了数学作业和物理作业。一天晚上，景校长找我谈话，指出我不该发给邢丽君课本和作业本，她是受管制家庭。我接受了批评，但并没收回课本和作业本，还继续批改邢丽君的作业。心里挺心疼这个花样年华的姑娘，她父亲没被专政前，应该是无忧无虑的。

没有任何教学工具，我想着法子做。为了应对数学课里的对数部分，我花校方8元钱，请当地最好的木匠做了一个2米长的对数尺。我简化了对数尺的内容，只涉及高中的教学内容，画了设计简图。木匠的技艺非常高超，做出的计算尺特别成功，刻度和印上去的一样，拉着也非常顺滑。我真的有点自豪感。

一次，我讲完课，心满意足地扛着计算尺回到办公室，景校长把我叫到他的办公室，问我制作计算尺的木匠家庭是不是地主，我还没注意到这一点，我说好像是吧。他指出这是阶级立场问题。我答应自己出那8元钱制作费。他警告我以后要注意。离开办公室后，我并不太在意他的警告，还是为我能造出这么好的教学工具而满足。

农机课也归到物理课，我弄来一台柴油机，自己先拆开，再组装上。主要讲解单缸四冲程柴油机的工作原理，弄明白柴油机和汽油机的区别，柴油机是自爆，汽油机靠点燃。胆大有胆大的问题，第一次拆装时，飞轮没有拧紧，差一点被甩出去，多亏邢士彦老师听到声音不对，迅速掐断了油路。这次吓出了一身冷汗，因为可能会出人命的。

勤工俭学和支农劳动都是由我这副班主任带队。有一次到砖厂去装窑，装窑就是把制好的砖坯装到窑里，是个力气活。要想完成任务，我必须带头干。两个人一组，一辆小推车，在砖场把砖坯装上车，砖场到窑里是上坡路，一个人推，一个人拉，在窑里卸车，把砖坯递给装窑师傅，由他码好。中午是高粱米水饭，就是把做好的高粱米饭放在凉水里抄出，吃着凉快顺口，是我的最爱，就是有点浪费粮食。我的学生第一次领略了他们老师的饭量，应该是吃了1公斤高粱米的水饭，我是24岁的大小伙，一直被称为排骨队队长。

大半年过去了，我从父亲那里听来了公社张书记对我的评价："景学能镇得住学生！"可别不在意这个评价，这个评价很高。我的学生几乎和我同龄，特别是班里的三个学生，我们大队革委会主任的大儿子，附近最有名的团级干部常武的老儿子和县武装部齐叔叔的大儿子。我非常本能的把所有人都当作我的学生，一律对待。实际上，我和他们处得很好，已经可以在课堂上开玩笑了，教五年级时，我就时常在课堂上开玩笑。

张书记另一次提起我，是把石万江调到公社卫生所任赤脚医生时。张书记对父亲说："景学和万江都是青龙一中的三好学生"。

忙碌的高一就要过去了，这一年国家发生了不少大事，年初经历了唐山大地震，在建的新教室被震垮。开国伟人周恩来总理，朱德元帅，毛泽东主席相继逝世，全国人民忧心忡忡。

新的一年，人们因打倒"四人帮"而欣慰，私下盼望邓小平出来主持工作，邓小平主持工作那两年让全国人民看到了希望。

欣喜归欣喜，学校工作还得照常。顺理成章，原来高一老师跟学生一起成为了高二老师和高二学生，我还任数学和物理两科。有了高一的经历，我已得到师生，家长和领导的首肯。主攻方向是要自己彻底弄懂高二的教学内容。数学已经由初中的代数方程跳跃到函数关系，直角坐标系的引入更使数学与几何融为一体，数学已进入了超抽象范畴。物理学的牛顿三定律和速度方程的综合题不是一般的难，电磁和电路部分我的知识还算扎实。

摆在我面前的难题不是工作上的，而是婚姻上的，已经到了迫在眉睫的地步。虚岁已25岁，与我同龄的孩子都会跑了。更要命的是，我弟弟比我小一岁，最小的老妹子也到了结婚年龄。农村有个不成文的习俗，要等老大成家，弟弟妹妹才能按顺序成家。提亲的五花八门，有一位亲戚竟然给提了一位残疾姑娘，我再也没给过他好脸色。

没人催促，但我真的要为弟弟妹妹着想，同意了一位邻居老婶的提亲，女方是帮助我上高中的齐部林叔叔的叔伯侄女。女方家庭成员讨论的结果是，不能把孩子往火坑里推，而家庭成员包括齐叔叔。他们的结论没有错，在那个年代，把女儿嫁给家庭成分高的，就等于把姑娘往火坑里推。

我一再推迟婚姻的根本原因，是我心里燃烧的，要上大学的火焰一直没有灭，只不过越来越暗淡了。苦闷中又想起了县一中的孙老师。暑假的一天，我从老乡那里买了一只山鸡和一只山兔子，又去找孙老师讨主意了。

这次得到的消息有点振奋。孙老师告诉我，原来下发的大学招生文件被收回去了，听说邓小平正在组织召开教育工作会议，要重新召开高等学校招生会议。孙老师和我都认为，只要招生有考试这一关，我就应该去拼一下。我暗下决心，再等半年。

两个月后，我收到孙老师寄来的一个包裹，包裹里有一封信，信的内容只有一句话："今年高招方针是：'自愿报考，严格考试，择优录取'，寄上复习资料，抓紧备考。"

我按捺住狂跳的心，把所有的激动都变成了煤油灯下的功夫。

很快《人民日报》发了文章，各级领导也传达了精神，并号召包括老高三的所有知识青年踊跃报考，各级政府要给予报考青年支持和便利。各地还组织了复习班，为迎战高考的知识青年开绿灯。

我一边自己抓紧学习，一边鼓励我的学生参加高考。为了能安心复习，晚上我从办公室搬到了教室，那一段时间，教室的煤油灯常常会亮到后半夜。我还收到了常建春从平泉师范寄来的复习资料，常建春是团级干部常武的女儿，和我是高中同学，去年被推荐到中等师范上学。

寒假的第二天，我就搬到县一中，报名参加四个高考辅导班，辅导班已经开办两个月了，多数下乡知识青年都已在辅导班里了，人满为患。

填报报考申请时才明白，自己只知道大学好，实际对大学一无所知，又找孙老师拿主意了。在孙老师那里才知道，大学分类那么细，文科，理科，工科，医学，历史，地理，师范等等，好多好细。

家庭成分这座大山还是压得我喘不过气来，一致认为报考师范是最可靠的。北京师范大学和首都师范大学就不能奢望了。决定填报省内的师范，顺序是河北师范大学、承德师范专科学校、平泉师范学校。

"要是能报一个专业该多好啊！"孙老师看着招生目录，嗫着嘴说。

"啥是专业？"我问道。

"比如河北工学院的自动化专业。"孙老师解释说。

我才发现河北工学院招生目录列了非常多的不同专业。

在填报志愿的最后时刻，我把顺序改成了河北工学院自动化专业，承德师范专科学校，平泉师范学校。意思是承德师专保底，冒一下险。

考试说明会在县一中食堂举办，食堂能容纳近千人。参加考试的多数是城里知识青年，农村知识青年寥寥无几。这从衣着上可以清楚地分辨出来，穿皮鞋，披大衣的是城里的；穿棉胶鞋，短棉袄的是农村的。为了尽可能避免与周围的不协调，我找一个能听得清楚的旮旯儿，全神贯注倾听考试说明的每一个细节。

考试第一天，在拿到试卷十分钟后，我左斜后方的一位考生突然站起来，说了一声和张铁生一样的口号弃考而去。剩下的考试过程十分平静，只是监考老师站在我的斜后方的时间比较多。最后一场考完，监考老师特意走出教室，握了握我的手。我心想，可能考得不错。

我确实超水平发挥了，我的短板是化学和几何证明题。我答对了化学试卷最难的题，这道题连参加考试的高中化学老师都没答上，因为我恰好想起了复习时老师讲过。几何证明题我根本没学过，也只是在复习时恶补了一下，结果我答对了几乎都没答上的几何证明题。

物理求变压器输出电压的题反而答错了，没能注意到考题给的输入电压是直流，尽管只有6分，对成绩影响不大，但让我记了一生，也获益一生。

上分数线的考生会通知体检和政审。在期盼通知时，突然疯传我被清华录取了，邓小平派车接我来了。这股风使我后来的体检和政审顺风顺水，一路春风。

春节过后，高中教研组会议在县一中召开，我被任命为数学教研组组长，副组长是一位五十年代的北京大学数学系毕业生。一边开会一边焦急的等待录取通知书的消息。

负责我们那片的邮递员是我高中同学，因为他父亲残疾，他没有下乡。我决定每天到邮局门口去堵他，第一天，没有，第二天，没有，第三天，他笑呵呵地说，还真有你封信，他从邮包里翻出一封信来，递给了我，信封的右下角有红色的东北工学院五个大字，我被东北工学院工企自动化专业录取。

第一个应该告诉的是孙老师，孙老师凝视着东北工学院五个字很久很久。

"我第一志愿报的是河北工学院，不是河北师范大学。"我解释说。

"东工比河工好多了！"孙老师说。

"那我被破格录取了。"我脸上泛着光。

"东工是原来的东北大学，我读的就是东北大学。"孙老师说。

我和孙老师成了校友。

打电话把喜讯告诉父亲。报到时间很紧，告诉弟弟先去公社粮站卖口粮，由粮站开具口粮转移关系，那是一张把农村户口变成城市户口的证明。

　　整理行装时，我小心翼翼的把一张羊皮褥子放在行李里，这是母亲几年前就准备好，留给我去远方读书时用的，这哪儿是羊皮褥子，是母亲那份爱呀！

　　父亲和弟弟送我到县城，在县城唯一的照相馆留了一张合影。

　　第二天早晨，我坐上长途汽车，回头望着远去的层叠山峦，奔向了远方。

母　校

沁园春·母校

主楼矗立，
四馆昂首，
百载春秋。
东方象牙塔，
少帅鳌头；
薪火传承，
泰斗辈出。
知行合一，
自强不息，
争创华夏双一流。

凝大师，

聚风华学子，

栋梁沃土。

喜逢邓公擎天，

吾七七级破茧而出。

离地头车间，

殿堂苦修；

猎求真知，

书海泛舟。

百废待兴，

大地翘首，

时不我待赴潮头。

再回眸，

昔朝暮苦读，

锐意追求。

报　到

　　大学毕业，我被分配到冶金工业部自动化研究所，报到时间是1982年2月1日。

　　自动化研究所在北京丰台区北大地。我出了火车站，换乘公交车去北大地。下了公交车，研究所在马路对面，我扛上行李卷跨过马路。门卫告诉我，人事科在最里面的四层小楼的二楼，我直奔二楼，敲开人事科房门，放下行李卷，喘着气说我是来报到的。科长吩咐桌子对面的于师傅给我办理报到手续。于师傅进行登记后，让我先到后勤办理户口和住宿事宜。

　　负责集体户口的徐师傅告诉我，等他去派出所和粮站办理手续后，我就是北京人了，她在为我而感到骄傲。叮嘱我每月到她那领粮票、布票和其它票证。

　　单身宿舍是研究所东侧的一栋四层小楼，楼门在所外。我被分配在三层里面倒数第二个房间，与山东大学分来的王志栋同住。住单身宿舍的都是集体户口，除了新分配来的大学生，还有一些转业军人和接替父辈班的工人，他们的家属都在农村，在单位分不到房子，房子只分给全家都是城镇户口的，分不到房在派出所就不能单独立户口。

新分配的大学生陆续报到了，我们专业有两个分到冶金部的名额，一个是一班班长葛钢，另一个是我们四班班长金广业，他们也来所里报到了，部里开始人员精简，被安排到所里了。

报到的新生都陆续分配到研究室了，葛钢分配到传动研究室，王志栋分配到冶炼研究室，金广业被分配到机械研究室。我迟迟没有消息。

好饭不怕揭锅晚，我被分配到轧钢自动化研究室。这是全所最热门研究室，轧钢自动化是冶金领域最高精尖的领域，掌握了轧钢自动化，其它就融会贯通了。据说我的分配还受到了我报到那天表现的影响，我扛着行李卷报到，给人事部门留下了很好的印象，本来行李可以由所里派车去取。我毕业被评为三好学生也应该是原因之一。

我的办公室在北楼401房间。北楼是刚刚落成的科研楼，楼高9层，是当时所里唯一配有电梯的楼房。人事科所在的四层楼是南楼，研究所的领导机关的办公楼。西边是一片厂房，是原来仪表厂的旧址。东面是平房，是后勤保障楼，中间有篮球场和草坪。

科研楼的楼道很长，一层有二十几个房间。第一层是动力实验室，第二层是仪表一室，第三层是仪表二室，第四层是轧钢室，第五层是冶炼室，第六层是传动室，第七层是机械室，第八层是描图科。

冶金部自动化所是为适应形势发展，在原来冶金仪表厂的厂址上筹建的。

邓小平主持工作时，为了尽快改变我国钢铁行业的落后状况，武汉钢铁厂率先引进了国际上先进的一米七轧机，一米七轧机工程包括热轧带钢厂、冷轧薄板厂、冷轧硅钢片厂和第二炼钢厂连铸车间。

为了配合这一引进工程，从全国抽调了大批工程技术人员，这批工程技术人员通过引进一米七轧机工程的锻炼，成长成为一批难得的技术人才。为了填补冶金工业自动化领域的空白，在冶金部主导下，以参加一米七轧机工程的优秀工程技术人员为主，辅以钢铁研究总院和钢铁建筑总院的相关科室，成立冶金部自动化研究所。据说当时为了解决进京户口问题，由姚依林副总理亲笔批13户进京户口。

我们研究小组7位成员，有5位来自武钢一米七轧机工程，两位搞数学模型的，两位搞软件的，一位搞行政的，特能侃大山，尤其喝了酒以后。

所长顾炎，是新中国成立前的清华学生，抗日时期的老地下党员。在欢迎我们的座谈会上，顾所长使我成长了许多。顾所长是我所认识的人中，第一位把国家的事放在心上的。他讲了钢铁是一个国家的基础，我国钢铁产量和质量与发达国家的巨大差异。他举了一个实例来阐述自动化水平对钢铁产量和质量的影响。在德国一个年产100万吨的轧钢厂只有6位工人，而轧出的钢板厚度误差在微米级。我国年产10万吨的轧钢厂，需要上百位工人，钢板厚度误差在毫米级。

轧钢自动化研究室分成不同的专题组，我们组是软件组。实际上是在为宝钢即将引进的冷热连轧工程培养人才。上海宝山钢铁公司是改革开放后国家引进的重点工程，冶炼部分已在建设中，是从日本引进的。国家从战略高度考虑，轧钢部分改由德国引进，正在谈判中。

我的任务是研读武钢1.7米轧机工程资料，尤其是软件部分。

当时的科研任务主要是由冶金部立项拨款，主管是部里的科技司。受到人为立项拨款的约束，有些科研人员吃不饱，没事干；而有的人员能拿到项目和拨款，由于没有项目的进程监督机制，主要用于发工资和奖金。

我们是第三研究小组，对门是第一研究小组。组长于常有，典型山东大汉，是由冶金建筑研究总院调配到自动化研究所的。大伙叫他于师傅，除了所和室一级领导称呼官称外，都以师傅相称。

于师傅没有和部里要项目，而和太原钢铁厂合作搞研究课题，所以他经常蹲在太钢，他们研究小组的成员也经常出差太钢。这是一项创新，是牵一发而动全身的大事。

由部里人为立项拨款，弊端多多，严重约束了科研人员的积极性，人情关系繁琐，很多项目脱离实际。科研院所直接和厂矿挂钩，既能直接解决厂矿实际，又能充分调动科研人员的积极性。

于师傅的探索初露锋芒，也恰好迎合了部里每年科研经费的捉襟见肘的现状，受到部所两级的高度重视，开始在所里推广。

直接去厂矿谈合同立项并非易事，科研人员要有名望，能得到厂矿的信任，才能有项目。能谈来项目，并有能力组织实施的科研人员，有权组织成立专题组，对合同款项有支配权。这一点非常重要，人员管理权和财务支配权在专题组组长。

于师傅被调任研究所副所长，主抓专题组的推广工作。这是一项非常复杂的系统工程，触及各个方面的利益。于所长在专题组推广会上的话说得非常中肯，"充分调动科研人员的积极性，为厂矿生产自动化服务。"

科研人员争相加入专题组，一是有活干，二是有钱赚。五组组长谈来了一个涿州铝箔轧机自动化改造项目，来约我加入，我非常客气地谢绝了。

不是我不想赚钱，最朦胧的想法是一个人不能朝三暮四。何况我们那个项目是所里乃至部里的重点项目，还有出国学习的潜在机会。我在组里除了56元工资，每月还有5元的全勤奖。

我在学习英语上一直非常用功，在大学时把一半时间用在了英语学习上。因为底子太差，用了两年时间才赶上城里的同学，但只停留在阅读上，毕业时全系英语翻译竞赛，我得了二等奖。

到单位有了充足的时间，准备恶补听力。当时练习听力比较好的工具是能放录音带的录音机，俗称砖头子，但我支付不起，所以买了带短波的收音机。每天早晨6点和晚上9点听美国之音的英语广播，把收音机放在办公室的暖气片子上声音最好，我每天准时进出所大门，门卫都熟悉我了。

二组的王继志，是北京大学著名语言学家王力的老儿子，他晚上也经常在实验室里呆到很晚。四层我们那两个房间的灯总是亮着，一来二去我们混熟了。

王继志做的事与轧钢无关，他在鼓捣一种称为汉字库的东西。当时计算机还是非常金贵的设备，一个小组只有一台，放在实验室里，实验室为计算机专门安装了空调。计算机使用的是DOS系统，靠输入指令执行任务。在计算机上还不能输入输出汉字，汉字打印要用专门的打字机，只有所长办公室有。

王继志在用画图的方法画汉字，一个字要画很长时间，然后存储起来，用时可以调用，存储汉字的文件称为汉字库。

我入学时的专业名称是工业企业自动化，毕业时改为自动化专业。主要内容是直流电机的速度调节控制，数学上就是二阶方程式的闭环控制，更接近传动控制，属传统控制理论，也称为强电。现代控制理论和计算机技术都是选修学科，我们计算机课中的编程还是用纸带打孔的方式。处于敏感吧，我对弱电十分感兴趣。大学时，我就啃读了一本麻省理工英文的电子学教科书。

我对王继志的工作很感兴趣，也编了一段汉字程序，在整个

16开纸上打一个字，跑到区图书馆用针式打印机打印了出来。

一天晚上，我正在听英语广播，王继志推门走了进来，我关了收音机，我们坐下来唠嗑。王继志文质彬彬，眼镜很厚，说话很慢。

"现在计算机发展非常快，前景不可估量啊！"王师傅开了个头。

"如果计算机成为工业控制的主流设备，对工业生产是革命性的。"我接上茬。

"在办公领域更是革命性的，是前所未有的进步。"王师傅更关心办公领域。

"现在计算机在中国的应用，汉字输入输出是要突破的壁垒，解决了这个问题，就不仅仅是懂英语的人能使用计算机了，所有认识汉字的人都能使用计算机，也为其他文字开辟了道路，这个问题的解决已经看到了曙光，现在已经有几种输入法在创造中，拼音输入法和五笔输入法已初见端倪。"王师傅说，我只有听的份了。

"国际上实力雄厚的公司都在投巨资解决这个问题，国内金山公司和四通公司都准备投资解决汉字在计算机上的应用难题，四通公司正在招兵买马。四通公司是改革开放的新生事物，是由科学院自动化所的科技人员创建的集体制高科技公司。打破研究领域的大锅饭，公司给出的条件是，为公司每一位员工在银行存入1万元人民币，用以解决员工的后顾之忧。"王师傅不容打断地说。

"1万元相当我15年的工资啊!"我插嘴道。

"我准备辞职去四通公司了,你要有兴趣,跟我去四通干一番事业,那里可都是精英人才哟。"王师傅进入了正题。

"哦……嗯……啊!"我不知道如何回答,太突然了。

"非常感谢王师傅器重,但我刚刚分配到这,不能辞职啊!"冷静一会儿后我说。

"哦,没事,人各有志,你很勤奋,会有一番事业的。"王师傅离开房间时鼓励我。

此后,我只在电视上看见过王师傅两次。

拒绝王师傅的盛情,不是因为他给指的那条路,那绝对是一条非常光明的路,有可能把我人生提高到另一个高度,而是因为我和王师傅社会背景上的巨大差距,他出身于名门世家,而我是农民。

当时有个说法,自动化所是部里高干子弟的后院。我们室里就有3位司局长的儿子和2位司局长的女儿,都是工农兵学员。他们人都很好,差别只是关注的事情不同,他们更关注生活,而我更关注生存。我距离关注生活还有很远的路要走。

这不,我就有一个他们不用自己操心的问题,婚姻。

婚　礼

　　我读大学期间，我弟弟妹妹都相继结婚成家，毕业时弟弟的大胖小子已经1周岁了。

　　我入学半年后，我弟弟李景校与刘普英的大女儿结婚。刘大伯有一个女儿四个儿子，女儿老大刘海霞，是村子里数一数二的漂亮女孩，只不过因为重男轻女，没有读过书。他们是自由恋爱，在确定婚事时，刘大伯一家子担心我家的地主成分影响四个弟弟的前途。母亲一句话给顶了回去："我儿子上大学都没影响，还能影响你们啥事。"

　　弟弟后来当了小队会计。改革开放后，张杖子与马圈子合并成立马圈子镇，原来的生产大队变成村，生产小队变成片儿，弟弟又当上了片长。有四个小舅子，加上老刘家一大家族，弟弟在片里很强势，不再是受欺负的对象。但父亲强调，过去的事就过去了，父亲也从未提起被专政时的委屈事，要往前看。

弟弟在原来的宅基地上翻盖了房子，是当地最时髦的大瓦房。分东西两个门，东屋我父母住，西屋弟弟住。窗户是玻璃的，灶台是水泥的，炕沿边是木头的，石头院墙。院里打了水井，水井里安有马达，自动泵水。

大妹妹与张文华的老儿子张景营结婚，也已有了自己的房子。老妹妹与大杖子镇三叉榆树村的邵换山结婚，老邵家也是地主，孙老师一家曾租住过他家的房子。

就剩老大还没成家，我虚岁29岁了。我已和孙玉华订婚，是县一中孙老师的女儿。

孙玉华比我小一岁，但比我高一个年级。我读高一，她读高二，也就是毕业后城市户口全部转为公办老师的那一届。

我们的婚姻萌芽发生在高中时期，应该说孙老师有这个想法，我有这个猜测，但都不能挑破。横在这一婚姻之间的鸿沟是城乡差别，不再是家庭成分，因为她家也是地主。当时城市户口和农民有着天壤之别，总不能让城市户口的姑娘去烧灶火坑。邢士彦老师就是这种情况，家庭极其不和谐。我肯定不会做一个想吃天鹅肉的癞蛤蟆。

我成为城市户口后，这道鸿沟没有了，婚姻关系自然就确定下来了，但大学期间不能也不应该结婚，所以拖到现在。

不能再拖下去了，我写信给父母和孙玉华，五一国际劳动节在北京结婚。这将是一个没有双方父母和亲朋见证的，只有两个人，在陌生的城市举办的婚礼，婚礼的主要环节就是得到法律的承认，办理结婚证书。

在民政局办理结婚证书，要持有双方单位开具的结婚登记介绍信。我们单位由研究室填写介绍信，到所办盖章。

"女朋友是哪儿人啊？"研究室负责开介绍信的党支部宋书记和蔼地问我。

"老家青龙县的人民教师，叫孙玉华。"我如实回答。

"那可要两地分居呀！进京几乎不大可能，孩子户口是随母亲的呀。"宋书记在说现实。

"我都想过了。"我回答得很坚定。

"看来有些大龄女青年们又要白等了。"宋书记把填好的介绍信递给我时笑着说。

宋书记说的是研究所里的一种现象，当时有一些条件非常优越的大龄未婚女青年，正等待从新毕业的大学生中，为她们的父母挑选乘龙快婿呢。这批大学生注定让她们失望，毕业时的年龄都偏高，他们都有了心上人。没有女朋友的，优越的大龄女青年又看不上。单身宿舍就有位65届的重庆大学毕业的，一直等在那里，想成为高干的乘龙快婿，看来很渺茫了。

4月29日，我拿着介绍信，去所办盖章。办公室主任刚要出门，急忙在介绍信上签了字，叮嘱办公桌对面的女科员给盖章后，就出去了。

女科员袁雅丽，标准城市美女，高挑的身材，丝绸布料的白衬衫，束在刚刚时兴的牛仔裤里，清馨干练。精心保养过的白嫩的皮肤透着红润。

袁师傅从抽屉里拿出公章和印色盒，并不急于给我盖章。

"东工分到所里几位毕业生啊？"她一边漫不经心地看着介绍信一边对我说。

"哦，我只知道我们专业分来三个，金广业、葛钢、还有我。"我认真地回答。

"金广业和葛钢好像都有女朋友了。"袁师傅比我还清楚。

"和我同寝室的王志栋好像还没有女朋友，他是山东大学的。"我都对自己反应之快感到惊讶。

我从袁师傅手里接过盖了章的介绍信，她那双一尘不染的白皙双手使我印象深刻，我的指甲里从来没缺少过泥。

后来知道袁师傅是袁副部长的小女儿，转业到自动化所。

拿着介绍信，回到办公室，组长等在那里，其他人都提前放假了。

"小李要结婚了！"组长笑着说

"我想瞒着大伙，因为我们只是办个手续。"我不好意思地说。

"要不是老宋告诉，我们还真不知道，不该瞒着组里的大伙。"组长称呼宋书记老宋。

"组里的师傅们按规矩，每人出5角钱份子钱，给你买了简单的炊具，暖瓶就用组里的。"组长说。

桌子上放着锅、碗、勺、还有两双筷子。

"太感谢了，我准备明天去买这些东西，这回不用买了。"我很感激。

组长祝福我新婚快乐后，去赶班车了。

所里有规定，单身职工每年有探亲假，如果不请假，可以租借一个月的单间房，结婚也一样，如果不请婚假，可以租借2周的单间房。

前两天我已在房产科办理租借手续，房子在家属区的灰楼，楼是灰色的而得名。对应的红楼，是领导干部的家属楼。

家属区的楼房有三种房型。小三间，建筑面积55平米，包括厨房厕所；双间房，45平米；单间房，12平米。当时的房子讲究大卧室，没有厅，小厨房小厕所，房间没有洗澡设施，都到公共浴室去洗澡。每个职工每月2张澡票，家属1张，是工会发给职工的福利。开水也是去开水房打，每天早晨，打开水的人都会在开水房前排很长的队。

房间在三层，屋里只有一个木板的双人床，做饭要用蜂窝煤。我扫去房间的灰尘，买了蜂窝煤和烧蜂窝煤用的铁炉子。

4月30日下午3点整，孙玉华的火车准时到达丰台火车站，我已等在车站门口。我们决定先不取托运的行李，抓紧去办理结婚证。丰台民政局离火车站很近，我们喘着气来到办理婚姻登记房间。

"刘科长，别走，有办手续的！"一位年轻女同志突然跑出门外，大声对楼梯口喊道。

　　"这么晚了，我还以为没有了呢，对不住哇！"一位中年女同志一边往回走，一边笑呵呵的对我们说。

　　审阅了两封介绍信，刘科长在一个大本子上签了字，嘱咐年轻的女同志给办理手续，就离开了。

　　接过结婚证，我和孙玉华走出民政局大楼，对视着，露出了笑容，这一笑容来得好漫长啊！

　　在托运窗口提取了行李，主要是两套被褥。我扛着行李，入住了租借的单间房。先解决吃饭问题，那时还没有去饭店吃饭的习俗，去饭店消费也太高。煤炉子要先到室外用木柴把蜂窝煤点燃，然后在室内压火，用时挑火。

　　我把炉子搬到楼外的小广场，孙玉华搬着柴火和蜂窝煤，围过来一群小孩看热闹，大人们也投来异样的目光，他们要是知道我们是在办婚礼，目光就会更加异样了！点炉子孙玉华内行，她们家里就是这样做。吃完晚饭就已经很晚了，床上的两套红绿色被褥给婚房添色不少。

　　第二天，5月1日，请老班长金广业当摄影师，去天安门广场、故宫、景山、颐和园照了一天像。照相机是金广业的，我买了2卷富士胶卷，那时只有黑白胶卷，每卷照35张，会照的可以照36张。

　　洗出来的照片多数都是半身的，我上身是系满扣子的学生装，孙玉华是白衬衫，外套女士夹克。金广业为了避免两双鞋的尴尬，才选取的半身，我穿的解放牌胶鞋，孙玉华是齐口的半高跟皮鞋。

5月3日假期结束，我到办公室上班，全组成员都发愣地看着我。

"小李，大伙等着吃你的喜糖呢。"组长打破了尴尬。

我急忙跑出去买了大白兔奶糖，回来分给大家，其实每人只拿一块，这是个礼节性问题。我又给宋书记送去几块，再次表示感谢。

5月4日接到父亲的来信，父亲寄来150元钱，对我在一个人生地不熟的地方结婚表示同情。我担心150元钱被浪费了，决定给孙玉华买一块进口的女士手表，她戴的那块上海产的男士手表归我。

白天我上班，孙玉华在房间做饭，不再去吃食堂。一晃婚假就结束了。送走孙玉华，我把被褥和炊具搬回宿舍，房间钥匙交给房产科，婚礼很顺利。

又回归了日常状态，早6点到办公室听英语美国之音，7点食堂吃早点，7:30拖办公室屋地，轮到小组值班时，同时要拖楼道。8点上班，啃1.7米轧机工程软件，程序指令是16位码，数码下面注释有指令的含义。17点食堂吃晚饭，然后压一个小时马路，回到办公室听收音机学英语。9:30回宿舍洗漱，10点睡觉。王志栋比我回宿舍早，有时睡了，有时在看书。

一段时间后，我回宿舍的时候，竟发现王志栋回来得很晚，有时候我睡着了他才回宿舍。早晨我起床的时候，发现他换了新皮鞋，而且擦得锃亮。衣服也换了新的，新理的发显得精神许多。他平时话很少，也不喜欢别人打听他的私事，我也没有发问，继续着我的生活节奏。

一天中午，和大连工学院分来的孙建同桌吃饭，孙建爽朗外向，很远就能听到他说话和笑声。

"王志栋要当乘龙快婿了。"孙建又在公布新消息了。

"女方是谁呀？"旁边的一位好奇地问。

"所办的袁雅丽，听说她老爹是副部长。"孙建对他的新闻很得意。

我抬起头，恍然醒悟的样子。

很快国庆节了，孙玉华信中已告知，怀孕了。放假是不是要回去一直像小兔子，在心窝折腾，回去没处住，不回去又想回去。

"国庆节有安排吗？"王志栋问我。

"原来想回家，现在不打算回去了。"我回答。

"来参加我的婚礼吧，我和袁雅丽10月1日结婚，我在所里没有校友，只有你一个室友。"他给了我一个不回家的理由。

"好的，祝贺你呀！"我很爽快地答应了他，后来发现我的答复太草率了，参加婚礼是要给份子钱的，我也没有出席婚礼的服装。

服装问题，王志栋主动借给我一件中山装和一双三接头皮鞋，虽然稍小，但都能穿得上。王志栋还告诉我，他家里给寄来了5000元钱，用于婚礼。王志栋父母是当地市一级官员。

10月1日，我早早穿戴妥当，欣喜自己穿上中山装和皮鞋也是一表人才。没有钱包，钱都是装在内衣兜里，装上手头所有的钱，1张10元的、3张5元的、10张1元的，到现场看别人随礼情况决定给多少，至少也得1元吧。

婚礼在前门大街的丰泽园饭店举行，北大地坐2路共交车，丰泽园站下车，车票1角钱，心情大好，就是皮鞋有点挤脚。

签到处有个红本子，名曰贺词簿，实则随礼登记簿。一看傻眼了，最少的10元，咋儿整，总不能创新低吧。从内衣兜里掏出最大的一张10元，递给打扮时髦的礼宾小姐，签上李景学。

现场是一个长方形大厅，我被安排在右后角的桌子上。没有一个我认识的，但都比我年轻，心里只想着那10元钱太多了，我一个月56元，每月寄给父母20元，玉华怀孕后每月又寄给她20元，我每月的生活费只有16元，这个月我吃啥？

婚礼开始了，前面有个舞台，司仪拿着扩音器，讲着美好的祝福，什么才子佳人啊，百年合好啊，早生贵子啊，白头偕老啊。这和我没关系，有关系的是那10元大票子。

婚宴开始了，美食使我忘记了钱的事儿，菜一个一个的上，先是肘花、松花蛋、白水鸭、海蜇皮……后面的我叫不上菜名，都特别好吃，从来没吃过如此丰盛的菜。他们都很矜持，小口的品，我可等不及，大口吞咽，后来发现他们是对的，还没等上热菜，我已经吃得差不多了。等上来醋溜里脊、红烧肉就已经吃饱了，又上了一盘红烧肘子。啊，还有啊，开始吃得太快了，应该慢点，留有余地。

正抱怨着自己，新郎新娘来敬酒了。婚纱下的袁雅丽漂亮极了，我痴呆地望着这位下凡的仙女，而新娘目光却停留在我的中山装上，王志栋反应过来了，忙介绍说："这是我同宿舍的李景学。"

新娘笑着把目光从中山装上移到我脸上，伸出她那白皙的右手，我赶紧用餐巾擦了擦手，轻轻地握住那一尘不染的嫩手，一边仓促祝贺："新婚快乐！"

袁雅丽亲自阻挡了同桌劝酒的起哄，允许我以茶水代酒，和我碰了杯。接着是新娘介绍同桌的，"这是司机小王，司机小李，……刚分来的办公室小刘。"王志栋一一握手敬酒。会抽烟的，还让新娘给点烟。

新娘新郎走后，我又盯上了红烧肘子。小时候，在家里大人只让吃枣核肉，肘子皮是父亲专有。现在肘子皮和枣核肉摆在那儿，咋儿能不吃。肘子皮沾上蒜泥，放进嘴里，那个美。枣核肉也得来一小块，不能光是回忆，要付诸行动，尽管肚子的抗议越来越强烈。

麻烦了，又上菜了，松鼠鳜鱼。我的天哪，不能不吃，这回同桌们下筷很快，原来他们知道有鱼，留着肚子呢，没经验害死人啊。不顾肚子的抗议，筷子毫不示弱，又一大注子鱼送入口中，好像鱼肉不愿意往下走，在嗓子眼下面停住了。

这时，又一大盆，哇塞，牛肉玉米羹。咋儿整，不能再喝了，会喷出来。坐在我旁边的小伙子看出我的窘相，不经意地说，鱼是最后一道主菜，汤上来，宴席就结束了。

我要知道这个，我就会不见鱼，不撒筷子！我老家有句俗语，不见兔子，不撒鹰。

在回程的公交车上，肚子和脚打起来了。坐下，肚子不干，站着脚不同意。

"你敢坐下，我把你送进来的给你喷出去。"肚子威胁道。

"你要是站着，我就让你走路时有好瞧的。"脚再也承受不了这挤脚的皮鞋。

我总不能吐车上吧，只好站着，交换着让一只脚的脚跟着地。

下了公交车，扶着公交站牌稳定了一会儿，一瘸一拐地跨过马路，咧歪在床边，赶紧脱掉皮鞋。这玩意儿中看不中用，看来体面不一定舒服啊，我开始重新认识我那双解放牌胶鞋。

晚饭肯定省了，房间就剩我一个人，王志栋和袁雅丽去黄山度蜜月了，还要在王志栋老家再举行一次婚礼。

度蜜月回来时，王志栋送了一袋喜糖，袋子上印有喜字和新郎新娘的名字，里面装有9块糖，我最喜欢那块软糖。

王志栋是专门回宿舍取东西的，他要暂时住在岳父家。在所里不分给房子之前，单身床位还要保留的。我非常好奇副部长住啥样的房子。王志栋答应我，他单独在家时，邀请我去看看，我非常高兴。

入冬时的一个周六，王志栋告诉我，雅丽奶奶过世，他岳父全家都回老家了，周日我可以去他那里。我很痛快地答应了。

周日早晨，我先乘坐340公交车，在广安门换乘109电车，东四市场站下车，过马路就是冶金部家属院。门卫打电话给袁副部长家里，得到王志栋确认后，告诉我副部长们住在专家楼。

院子很大，最前面两栋应该是筒子楼，筒子楼很长，两头有楼门。每一层北面是过道，南面是住户，通常会有十几户。一层一个公用厨房，公用厨房有一排水龙头，水龙头下是水泥水槽。每家有一个蜂窝煤炉子，错开做饭，每家吃啥一清二楚。单数楼层有男公用厕所，双数楼层有女公用厕所。

筒子楼后面是独居房，这从楼门可以看出来，楼门多。每个楼门每层3户。

没找到专家楼。

"师傅，专家楼在哪儿？"我拦住了一位大妈。

"你找部长楼吧，墙后面的小楼就是，正门与办公大楼相通。哦，那儿也能进去。"大妈指着一个小圆门说。

"门卫告诉我专家楼。"我有点迟疑。

"嗨，官方叫专家楼，是给苏联专家盖的，现在副部长住，大伙叫部长楼，正部长不住这，住国务院。"大妈解释说。

谢过大妈，钻过小圆门，里面3栋小洋楼，每栋住四家，王志栋已在楼门等我呢。

打开房门，王志栋先脱了皮鞋拿在手里，把双脚插进了一双没有后跟的鞋，转身也递给我一双没有后跟的鞋，让我把解放鞋脱了，换上。我为难了，我的大姆脚趾头和脚后跟都漏在袜子外头，刚买了一双新袜子，一直没舍得换。抱怨王志栋没有早告诉我要换鞋。

一层是厨房、厕所、餐厅，二层有3个卧室。袁雅丽还有一个弟弟，今年春天回的城，找了一份司机的工作。父亲母亲一个卧室，姐弟俩一人一个卧室。袁雅丽的卧室现在变成了新房。弟弟在张罗着阳历年结婚。

领导干部是有严格住房标准的，他们不敢也不能多占。

职工是单位按工龄分房，能不能分到房取决单位是否有能力盖房。每次盖好了房，分房就要持续很长时间，是一场各方力量的博弈和较量。所以大多数年轻职工只好赖在父母家里。

看来部长家也不例外，如果雅丽弟弟结了婚，袁部长家也够拥挤的了。

使我感到新鲜的是，屋地是油漆的，墙是壁纸的，做饭用煤气罐，厕所有淋浴，古香古色的家具和墙上的油画。

不太好意思长时间打扰，我告别了王志栋，在车站买了两块烤白薯，坐车回所里了。

孙玉华写信说，她大弟弟把原来自己住的窝棚腾出来，给姐姐生孩子住，他搬到木器厂去住。

大小舅子孙晓光，从乡下返城后，在木器厂工作。学了木匠手艺，属于脑子比较灵活又肯卖力气的那种。一年前，他在学校家属区的一个空地上，自己建了一个窝棚，结婚后小两口住。现在开始打大衣柜赚钱，条件进一步改善，自己在木器厂里盖了一处房子。

腊月二十三收到岳父的来信，告知旧历腊月十八，阳历1983年1月31日晚上孩子出生，是男孩，母子安好。儿子降生3天后，才知道，我已成了一位父亲。

9天后，在一个矮小的窝棚里的土炕上见到了儿子，是那样的瘦小，安详地睡在妈妈的被窝里。心想，你出生的窝棚比父亲出生的窝棚要大，应该比我有出息。

我并没有像电影里描述的那样高兴得不知所措，也没有对生活环境感到多大压力。应该是生活经历形成的一种态度，没顾虑过任何情况，只懂得奋力做好应该做的。

从进屋那一刻，我承担起了伺候月子的所有责任。一是保证屋里暖和，二是做好饭菜，三是清洗孩子每天换下的尿布。

窝棚分成两部分，外屋灶火坑，里屋是土炕。水缸、炊具一应俱全。产前孙玉华已备齐了煤、柴火、粮食、白菜、罗卜、酸菜。

最重要的是保证房间暖和。有一个用土坯搭的炉子，有炉箅子那种，上面加煤块，下面掏煤灰。保持煤火旺盛。如果煤火灭了，就把炉子上下掏干净，点燃劈柴，加上煤块。

做饭我也不犯愁，六岁就开始了。老妹妹送来了猪肉和炸好的丸子，弟妹送来了冻豆腐和豆腐皮。为了下奶，要多吃豆腐皮和小米饭。一张豆腐皮一碗水，煮沸，撒上咸菜丁。

要做好小米饭，需要技巧，锅里的水响边时，把小米搅拌着放入，开锅马上用笊篱捞出，拨了散后，放在屉上蒸，米饭又散络又柔透。

玉华好像更喜欢小米粥。小米粥讲究大火，不盖锅熬制，不能放碱。喝小米粥重要的是咸菜，以牙祭为最优。把肉皮或红烧的五花肉切成1厘米的方块，冻豆腐也要小方块，罗卜腌成的咸菜切成小丁，和泡制的黄豆放在一起熬煮，放凉后成冻状。

年三十要认认真真地过，下午3点钟准时开饭，大米饭、红烧肉、酸菜粉条、从北京带回来的炸带鱼。饭后就在窗外放了6颗高升，寓意六六大顺。

放完鞭炮，准备饺子馅、和面，为子夜迎新饭做准备。传统的子夜迎新饭是在粉条和面条汤里煮饺子。早就练就了包饺子的手艺，和陷、擀皮、包饺子，样样拿手，切面条也一流，我还把包好的饺子和切好的面条给岳父岳母送去一份。

吃过子夜迎新饭，在新年到来那一刻，又在窗外放了9颗高升，个个双响，娘俩儿在屋里享受我放鞭炮的喜悦。

伺候月子最麻烦的是洗尿布，当时没有一次性纸尿布，是把旧衣服剪成小片，准备一摞，换下的尿布放在洗脸盆里。每天晚饭后拾掇好碗筷，是我洗尿布的时间。

脸盆里放上温水，先把尿布过一遍水，拧干放在一边。倒掉脸盆的水，把每块尿布打上肥皂，放回脸盆，再在脸盆里放上热水，等到水不再烫手了，搓洗尿布，拧干放在一边，倒掉脸盆的水。重复这个步骤两次，基本冲净肥皂沫，把拧干的尿布挂在屋外的绳子上，冻干。在第二天晚饭前收起，放在尿布摞上。

大概是在绳子上挂尿布时，冷风吹的，久违的裂口又出现在手指上，每天洗尿布开始时，手就会钻心疼，这时我就会想："臭小子吃得不多，屎尿不少，等长大了像你爸一样没出息，也得给你儿子洗尿布！"

假期很快就结束了，那个时候所有人都认为工作是不能耽误的，我要回单位上班了。当地习俗是产妇要一个月后才能下炕干活，孙玉华还差十几天满月，只好让老妹妹白天来照料一下，晚上交给岳父岳母。

我所在的研究小组，为宝钢连轧项目做准备已经有一段时间，有些老师傅有点等得不耐烦了。

宝钢连轧项目一拖再拖，组里的一位65届复旦大学数学专业毕业的女高级工程师有点等不及了，看着其他专题组纷纷开展专题研究，也从承德钢厂谈来一个工程项目，合同总额3万元人民币。项目是要为单机架冷粗轧机配置自动运行控制系统，是再简单不过的控制系统。

轧钢自动化的两个难点是，连轧机的速度控制和轧机的辊缝自动控制。

十几架轧机连续轧制，钢材不被拉断，不发生堆挤，速度调节就显得十分关键，尤其对后端的高速轧机，线材出口速度可以达到子弹速度。

轧机的辊缝控制是最难的技术，分为APC和AGC两个系统，这也是武钢一米七轧机工程的核心。APC是静态位置控制，就是在轧机静止条件下摆辊缝，这需要根据轧机参数建立数学模型，主要解决有载荷和无载荷时的辊缝变化。AGC是动态调节辊缝，辊缝系统能够根据出口厚度进行调节，这个系统在于系统的反应速度，执行机构是液压系统，控制系统的运算速度是当时难以逾越的难题，动态测量板材厚度更困难，机械测量不能满足应用，最先进的是超声波的。板材的横向厚度控制比纵向更难，这些功能在日本和德国轧钢厂得到了应用，厚度精度在微米级。组里的师傅们仅仅知道这些概念，设计系统，想都不敢想。

所承接的项目，控制任务很简单，就是把人工操作手柄，变成按钮，轧机能自动来回复轧。难度不在于控制任务，而在于控制设备本身。虽然精神可嘉，手段非常初始，有点像石器时代的人类。

控制系统的硬件设备，由自己手工制作，从做印刷电路板开始，在印刷电路板上人工焊接集成电路芯片和二极管、三极管等功放电子器件。最大的集成电路芯片是中央处理器，简称CPU，与之链接的是输入输出集成芯片，然后是与设备连接的功放器件，中央处理器具有串行接口，与台式计算机连接，用来对CPU进行编程。

简单来说，CPU是大脑，接受人工指令和现场采集的信号，根据程序要求进行运算，通过输出对设备发出动作指令。

整个研究方向和方法都错了。工程应用研究应该是选用硬件，组成系统，按现场要求编制程序。硬件应该是工厂批量标准生产制造，自己手工研制的硬件设备是不能在工程上应用的。

也就是说，研制硬件的，研制编程语言的，和工程应用的不是一帮人。硬件和编程语言是工程应用人员的选材和工具。

那时，我国还不具备生产这类硬件的能力，同样也不具备研制编程语言的能力，但这不能作为工程应用人员自己造硬件的理由，因为你没有研制硬件的环境，就是说你不是干这个的。

当时碰到的最大问题就是可靠运行问题，师傅们凭想象，对现场提出各种极其严格的要求，主要是恒温、接地、抗电磁干扰等，但始终不肯承认手工制造的硬件系统是不可能可靠运行的。

整个系统就像一个时不时就卡壳的大脑，想控制不听使唤的胳膊腿，使现场非常混乱。

当然，这只是一些墨守成规的科研工作者的盲目摸索，终究会淹没在工业自动化的进程中。

我不认为这能有多大作为，仍然把功夫用在研读1.7米轧机软件和英语学习上。

开春的一天，我正在摘抄武钢1.7米轧机工程资料中APC的技术解释，室主任把我叫到办公室。告诉我，北京钢铁学院举办英语培训班，室里推荐我去参加，时间1年，下周一开课。我高兴得一个劲感谢我们室主任。

我才想起前几天，所里组织新分配的学生英语考试。并未公布考试成绩。室主任只对我说了一句，你考得最好。功夫不负有心人啊，我的英语可以上台阶了。当天就去购买了公交车月票。

去钢铁学院，需要换乘3次车。在北大地站乘坐340路公交车，在广安门换乘109路电车，在西四换乘6路公交车，钢铁学院站下车。

一定要赶340路的首班车，才能在早高峰前坐上6路公交车。这样保证不会迟到，车上还会有座，可以背单词，还会早到一个小时，在钢铁学院门口吃早点，课前在校内找个安静的地方阅读英语简写本丛书，《简爱》《蝴蝶梦》《汤姆历险记》《傲慢与偏见》《汤姆叔叔的小屋》《雾都孤儿》《基督山伯爵》《世界前后1500年》等。又找回了当大学生的感觉。

培训班只是上午有课，回程车不堵。在西四换乘时，吃5角钱一份的水饺，跟服务员要上一碗饺子汤，原汤化原食，美得很。

32名学员来自冶金部门的几个院所，钢铁总院、建筑研究总院、冶金部机关等，年龄都较大，65、66届大学毕业生居多。

有三位老师，一位是钢铁学院的英语老师，主讲语法课，两位是美国大学生志愿者，其中一位是华裔，主讲阅读，另一位是大鼻子的白种人，瘦瘦的，高高的，让我们称他戴维，主讲会话和写作，典型美国口音。会话和写作是我的短板，也就更下功夫。

戴维老师要求每个学员起个英文名字，我非常崇拜林肯，给自己起名亚伯拉罕，戴维希望我换一个，我问他为啥，他只是晃头，没难为我非改不可。

会话课的第一句话给我印象深刻，在答复别人说谢谢时，英国人说"没啥（not at all）"，美国人说"你受欢迎（you are welcome）"。两者角度不同，前者说的是对自己不算啥，后者赞誉对方。

戴维要求学员每周写一篇习作，我准备了一个巴掌大的工作日记本。结果老师手里的习作本五花八门，有16开的，有32开的，有信纸簿，有练习册。但好像戴维并不在意，我开始检讨自己在当老师时，为啥要求整齐划一，社会本来就多姿多彩。

戴维很喜欢我的习作，每次讲评都会有我那个小本本。有一次，戴维竟举起来说，他喜欢这个小本本。

那时刚刚改革开放，与外国人接触的机会很少，钢铁研究总院的一位学员是高级工程理师，刚刚分到一套二手2居室的住房，是室主任腾出来的房子，他邀请戴维到家里做客，并希望同班学员也去做客，我高兴的报名，我还没见过真正的2居室呢。

进门右手第一个门是卫生间，第二个门是厨房，左手是餐厅，大约5平方米，和餐厅对着有两个门，一个南卧室，一个北卧室。

我们一行6位，中午吃的北京炸酱面，戴维老师吃得津津有味。我问戴维对房子的印象，戴维的回答使我并不能理解，他说，在这样的房子里不会找不到人。我当时就很困惑，在家里还有找不到人的时候。

培训班快要结束的时候，我接到通知，和所里的其他6位一起去西德西门子公司工作学习1年，当时出国机会非常难得，学员都很羡慕，戴维也由衷祝贺。

结业前的最后一篇习作，我试着用英语写了一首诗，记忆培训班的经历。我担心会被戴维藐视，结果恰恰相反，戴维又举起了那个小本本。

"That is a poem！"戴维骄傲地说。接着他大声朗读了我的诗。

"Abraham，if you are tired of an engineer, you could be a writer！"这是戴维留在小本本上的最后一句话。

出　国

去德国的时间是阳历年后，春节前。因为西方不过春节，所以我们要在春节前出发。有两件事要办，一是出国培训，二是出国制装。

出国培训由外事部门举办，组织学习相关政策法规，进行爱国主义教育，不要受西方繁荣景象的迷惑，实际上就是防止滞留不回，俗称外逃。对出国人员的要求之一是已婚，减少滞留不回的概率。当时只有公务护照，护照由各级外事部门统一交部委机关外事局，再由外事局到外交部办理。出国期间护照要由团长统一保管。

单位要为出国人员发放制装费，包括一套西服、两条领带、一双皮鞋、一件呢子大衣、一个大行李箱、一个小行李箱和适量内衣。西服只有红都一家制衣店，自己去订做。其它用品去出国人员服务部凭护照购买。

大约忙活了一个月，一切准备妥当，只等出发。写信告诉家里，西德寄一封信需要1个月，不要不放心。临走前花5角钱去理发店理了发，告诉理发员我要出国，按出国样式理，理发员也是凭想象，弄了个分头，搞得油光光的，弄得我一路上非常难堪。

那时北京只有1号航站楼。刚到北京时曾专程去机场看飞机，这次要坐飞机，当然高兴。入座后，很多人站起来拍照。

最尴尬的事发生在飞机上的厕所里，从来没见过坐便，从小学到大学没有老师教过咋儿用坐厕，出国培训也没讲，我竟然蹲上去解决的问题。

飞机要在沙迦国际机场加油，不用下飞机，然后飞往法兰克福，在法兰克福转机纽伦堡。在纽伦堡办理完出关手续，把护照交给团长，西门子的工作人员舒尔特先生已经在出口等我们。

行李装在另一辆车上，我们坐上一辆9座的汽车，大约40分钟到达西门子公司所在地，爱尔兰根。车在一座公寓楼停下。

我们团共计6人，除团长外都是82届（77级）毕业生。团长是65届毕业的，学过俄语，我兼职团长的英语翻译。每人一个房间，每个人的房间都预先安排好了，我住团长隔壁。

每个房间有厨房、厕所。屋内窗明几亮，满铺地毯，单人软床。电力灶具，炊具一应俱全。灶台下有冰箱柜橱，冰箱里放置了水果、面包、牛奶、蔬菜等临时用品。柜橱里有盘子、刀叉、碗、筷子、有屉的蒸锅。煎锅、煮锅、在灶台上。铲、勺挂在墙上。厕所是座便，有淋浴。太舒服了，我成了神仙。

　　自动化所对冶金工业引进有话语权，西门子公司是电控系统供应商，所以四门子公司对自动化所十分客气，当然也是长远的商业策略。自动化所派往西门子公司就有4个团，分别于奥地利维也纳、奥地利林茨、西德慕尼黑。爱尔兰根是西门子总部所在，中国团组特别多。其他团是重庆设计院、武钢设计院、和宝山钢铁公司的。北京钢铁设计总院全力以赴筹划冀中工程，没有他们的团组。临时团组更是陆续不断。

　　我们团是合作培训性质，时间一年。自动化所提供往返机票，西门子公司提供食宿。西门子公司为我们免费提供住宿，另支付每人每天生活费50马克。

　　自动化所从我们的生活费里扣除30马克，用作往返机票费用。这一点不能泄露给德国人，这是出国培训时再三强调的纪律。

　　对我来说已是喜出望外了，所里发的工资除寄给父母20元外，剩余全部寄给孙玉华。20马克，有10马克足够，剩余10马克存银行，1个马克兑换2元人民币，3天就比我月工资还多。

　　早餐和晚餐自己做。粮食、蔬菜、水果在超市里随便选，不像在国内菜市场，给你称好菜还是坏菜，权力在售货员。最便宜的超市阿尔迪(ALDI)，应有尽有，非常丰富，也很便宜。特别是香蕉，又大又好，便宜到相当于白给。早餐面包牛奶，吃腻了，周末包饺子，放冰箱里，每天早餐吃饺子，晚餐米饭炒菜。鸡肉特便宜，炸鸡腿，宫爆肉丁，想着法子吃。一天3马克可以吃得心满意足。

午餐去西门子餐厅，餐厅超大。西门子员工划卡进入大厅。大厅里有4个通道，提供选餐。在入口处拿餐盘和刀叉，把餐盘放在滑道上，前行选餐。沙拉选区有多种，我最喜欢的是浇有奶油的土豆鸡蛋苹果丁。主菜选区通常有3种，每天变换，首选白肘子和酸菜香肠。甜食选区选蛋糕，饮料选茶。午餐最贵要3马克，便宜的1.5马克。

爱尔兰根市只有30万人口，市区很小，多数在乡下。有两家大型购物中心，METRO和KAUFHOF，两家对门。每家都有四层，一层化妆品，二、三层服装，四层百货，每层都比东风市场大。重要的是货物摆在那儿，你随便挑，不像东风市场，用柜台把你隔在商品外面，只能由售货员给你拿。中午从餐厅吃饭回来，都到商场考察，尤其对家用电器更是喜欢的不得了，电视、冰箱、音响、照相机、录像机、微波炉，可着劲研究，就是不买。

我们要合作培训的项目是宝钢冷连轧控制系统编程，在一个开放式的楼层办公，每个员工被隔成独立区间，桌子上配有台式计算机，椅子是具有高低调节功能的转椅。

德方专题组行政负责人叫施密特，平时见不到他，他在中德之间穿梭，只是在组织我们外出活动时会露面。技术负责人是蒂耶曼先生，蒂耶曼原来是德裔美国人，曾在缅甸云南等地参加过二战，二战后又移回了德国。他每天都会到办公室。

弹性工作制，从打卡开始计时，每周出勤达到39.5小时，但不能少于5个工作日。

我们6个人分成3个小组，团长和我在一个小组，学习连轧机部分编程，其他两组分别负责开卷机和卷取机部分编程，每一个小组有一位西门子员工辅导，称为师傅，实际上编程任务是师傅的工作任务。

我们小组的师傅叫霍曼，长得特像马克思，大胡子，性格非常好，平时话不多，会耐心解答你提出的问题。

给我最深印象的是专业分工的清晰。专业分工，各负其责，对各行各业，乃至社会的发展都非常重要。大包大揽，靠觉悟，责任不清，互相扯皮应该是办事情的大忌。日耳曼民族有个优点，讲究责任，我的责任是认真做好，但你不能干扰我的权力。典型的例子是红绿灯，红灯时不管有没有人，他们都会等在那里，绿灯时会呼啸而过，对影响绿灯通行时，会表达极大的不满。

西门子并不提供轧机等机械设备。系统设计部门与轧机厂商对接，系统组装部门组装系统，系统所用设备由设备供应商提供。生产硬件设备分成多个厂商，他们提供标准的通用的硬件设备，编制程序的只负责编写程序，他们既看不到硬件设备，也不去现场调试。这更加使我坚信，从焊接开始自己动手攒控制系统是行不通的。

编程的依据是工艺部门出具的任务书，工具是梯形图编程语言，程序运行的设备是可编程序控制器PLC。可编程序控制器设备从根本上解决了CPU与输入输出的问题，也就是说解决了大脑与神经系统和胳膊腿的关系，使计算机进入工业领域成为可能。

解决这一难题的关键是框架的母线系统。带有插槽的框架背板是母线接口，把中央处理器、输入输出和满足各种功能的设备制成模板，这些模板可以插入到框架的任意插槽。中央处理器从计算机接收用编程语言编制的程序，控制输入输出模板。

所有设备有很多系列，比如中央处理有能力大小之分，输入输出模板有开关量、模拟量之分，还有计数器模板，PID控制模板等等。而所有这些都是由专门研究部门研究，由专门工厂标准化生产，从根本上保证了可靠运行问题。

编程语言是给工程技术人员提供的软件工具，是应用基础软件，建立在更基础的计算机软件之上，有更庞大的专业团队进行研究。西门子推出的编程语言是梯形图，梯形图与逻辑图非常相似，这是基于在工业控制领域，逻辑控制是最常用的。

我们的任务是用梯形图编制控制程序。语言用起来很方便，弄懂功能要求就显得尤为重要。实际上，工业生产线的控制也存在规范和标准化问题，当你对这些规范彻底了解了，很多事情就迎刃而解了。一个明显的例子就是直流马达的控制。

每个马达应该有三种操作方式，点动（JOG）、手动（MANU）、自动(AUTO)。点动是在调试时用的，马达启停与这个信号同步。而手动和自动则是选择信号，选择手动方式时，马达根据启停按钮启停；选择自动方式时，马达根据自动条件启停。

两个比较常规的问题，一个是开关信号处理，一个模拟量处理。

比如手动启动信号，必须要在马达启动后消失，如果不消失，恰好有一个故障信号只有在马达启动时发生，马达停止时消失，就会发生马达频繁启停问题，这就要求启动信号只在发生那一刻有效，称为上升沿有效，在梯形图语言里，这个功能要用一段程序完成。

直流马达的速度控制需要连续的模拟信号，而这一闭环控制就是经典控制理论的精髓，是二阶方程式的解析，梯形图语言有专门指令PID（比例、积分、微分调节）。我们要做的就是把给定信号和反馈信号与PID指令连接起来，指定放大系数的地址，放大系数是由调试人员设定的。

简单吧，我们团长一年都没有弄懂。他大学时学的俄语，看不懂资料不说，他也不关心这些。我们在写程序时，他就坐在那里犯困，睁着眼睛时就在琢磨如何看住团员，还有就是如何省钱，他在餐厅一般都是吃1.5马克的意大利面条。我没有贬低团长的意思，如果你是团长，关心的也是团里不出事。至于节省，我们都是从苦日子过来的。

负责生活的西门子工作人员舒尔特先生提出，给我们每个人买一辆自行车，调节一下我们单调的周末生活，我们都很高兴，团长说要向国内申请。

从安全考虑，国内的答复是不同意。舒尔特先生提出给自行车购买保险，也被团长拒绝了，即使有了保险，出事也很麻烦。

团员很不高兴，没过几天，有的团员就买了旧自行车，非常便宜。

团长跟我说："他们自己买自己负责，与团里没关系。"我没说啥，但心里满抵触的。

从公寓到办公室有十几分钟的路。早晨去上班，途经欧姆广场，是为纪念欧姆而建的。广场配有喷泉设施，塞入1马克，喷泉就会自动喷水。在欧姆广场对面是西门子的一个工厂，每天下班时路过。门口的门卫对我们非常热情。门卫叫巴拉克，50岁出头，他对我们非常友好，经常进行交谈。在西德几乎都能说日常英语，单词量少，口语没问题，尤其是年轻人。我们5个年轻团员也都能用英语进行日常交流。他知道我是团长的翻译，一次巴拉克先生拦住了我，他想邀请我们去他家里做客。我翻译给团长，团长让我对他表示感谢。想了一会，团长接受了邀请，巴拉克先生很高兴，约定下一个周六上午10点钟来公寓接我们。

周六10点钟，我们下楼时，巴拉克先生已在楼下等我们了，是一辆奔驰旅行车。我就认识两种车型，拉达和奔驰。自动化所唯一的一辆小轿车就是拉达，由所长办公室调度，车队只调度卡车和班车。奔驰是那个车标太好认了。

巴拉克先生就住在市区，5分钟就到公寓楼了。巴拉克夫人开门迎接的我们，看得出来是经过一番打扮的，印象最深刻的是裙子上的腰带，宽宽的，不是系在腰上，而是斜挎在腰部，显然是装饰腰带。独生女大概十五六岁的样子，装束朴素，很少讲话。

公寓楼有三层，一梯一户，巴拉克先生住二楼。左手是厨房，有吧台那种，北侧是炊具，双门冰箱，南侧是餐厅，有一小型酒柜。右手是活动房间，很大，有健身区，休息区。休息区中间很大的方形桌子，桌子两侧大型沙发，南面阳台摆满了花盆，花是向外开放的，从室内看去是根部。

走过活动房间，是一段走廊，走廊两边各有两间房间。南侧里面是夫妇的主卧室，对门是书房，南侧外面是女儿的卧室，对门是女儿的练琴房。

让我新鲜的是竟有两个卫生间，活动房和主卧室各一个。

女主人对中国的一切都非常感兴趣，但她不会说英语，靠巴拉克先生翻译，有时我们几个也会用简单的德语和她交流。从她提出的问题可以想象，她印象中的中国和实际的中国相差甚远，就像没出过国的我们对西方国家的印象一样。

在我们到达前，女主人就准备好了午餐。他们不像我们边炒边吃，而是提前做好，女主人会很从容地一起就餐。他们做饭和我们相比，也比较简单。

主菜是当地名菜，酸菜香肠。这道菜就像老家的酸菜炖粉条一样有名。在西门子餐厅只要有这个菜，本人必选。

在电视里曾播放过当地人做酸菜的节目。原料是圆白菜，用机器切成丝，清洗后，一层一层地放入事先挖好的地窖里，在地窖里发酵，不像我们，是把大白菜在缸里发酵。

我非常认可西式用餐方式，每人根据自己需要取餐，自己独立餐盘。吃干净是一种礼貌，如果剩了，是对主人的不尊重。

主人提供了两种饮料，啤酒和可乐。不强迫喝酒，敬酒是一种仪式。我一直喝可乐，我对德国啤酒世界有名一无所知。

临走时，我们谢绝了巴拉克先生用车送的盛情，我们要去逛商场。站在奔驰车前，他第三次向我说起，这辆车就像他的孩子，他爱它。

我们几个之所以能和巴拉克夫人进行德语交流，是因为我们每周一上午有两个小时的德语培训课。西德规定，凡德国公司聘用国外员工超过3个月，工资必须高于西德同等员工的工资，每周必须有不少于2个小时的德语培训。

我们的德语培训老师名叫德琳，30岁左右，是一位标致的西方淑女，高高的鼻梁，金黄色的头发，高挑的身材，每次上课一定换一身新装束。真想给孙玉华也买一双平跟圆口皮鞋，第一次上课时德琳老师穿的那个样式的。

德琳老师有一位姐姐在乡下，他们对中国人也很友好，一直有意在秋天的时候邀请我们到乡下去做客，没好意思开口。听说我们接受了巴拉克先生的邀请，立刻转达了她姐夫姐姐的意思，团长同意了。德琳老师和姐夫姐姐协商时间，定在了某个周六的中午。

在约定的那个周六早上，我们提前5分钟下楼。人刚到齐，就看到德琳老师的车来了，后面是她姐夫的车，6个人，需要两个小轿车。

出了爱尔兰根，车拐上了高速公路，我和德琳老师唠起嗑来。

"德国的交通真发达。"我感叹道。

"是的，西德有大约1万公里的高速公路。"德琳老师说。

"哦，"我漫不经心地回答。心里嘀咕，我国还没有高速公路，也不需要，没那么多车。

"森林也很多。"看着路两边不断出现的树林，我转换了话题。

"这要感谢康纳德·阿登纳总理，二战后，是他主张要让森林覆盖国土。"德琳老师解释说。

"西德的单片森林都很小，我们会开玩笑，在进森林处一脚油门，车就出森林了。"德琳老师追加到。

西德的森林是小，片多，一片连一片。

说话间，下了高速，来到了开阔的丘陵地带，放眼望去，心旷神怡。

车在一栋大房子前停了下来，远处还可以看到两处这样的房子。

女主人和两个孩子已经站在门口欢迎我们，这应该是最大队伍的中国人到访。

房子是一层的那种，特别大。有两栋，小的一栋是男主人的工作作坊。男主人，典型的德国男士，又粗又壮，大块头，100公斤以上，在建筑公司上班，是个小头头。从工作作坊可以看出，男主人对木料很有研究，手工和电气木料加工工具一应俱全。

大的一栋，除了车库，有两个门。东门进去是厨房和储藏室，西门进去是活动房和卧室。房子内部互相是通着的。参观完室内，理解了英语培训班戴维老师说的那句话，看来在家里还真可能找不到人。

午餐在院子里，遮阳棚下有个大桌子，3米长，原树宽，非常古朴气派。女主人已准备好了所有食材，只是牛排必须现吃现烤。那是我吃过的最好吃的牛排，美味印在脑子里了。

午餐后我们并没有立刻回公寓，在那个若大的院子里，随便聊天活动。两个小朋友这时活跃起来了，玩得非常高兴，把他们最喜欢的玩具搬出来玩。我竟和孩子们荡起了秋千，如果不是穿了金贵的西服，我一定会滑一滑滑梯。小女孩跑过来让我扶着她练习骑自行车，我一时心情也变得大好。

临走时，小女孩跑过来送给我一块巧克力，我随手装进了西服裤兜里。这是一种无知和不礼貌的做法，在礼节上，应该是表达感谢，放入嘴里认真品尝，然后非常夸张的叫好。另一个麻烦是，回到公寓时整个巧克力融化在裤兜里，好在只把白色裤兜染黑了，我可只有一套西服啊。

感恩节，技术培训负责人蒂耶曼先生邀请我们去他家做客。

是蒂耶曼先生和夫人两位开车来接的我们，夫人开的红色跑车使我们都惊诧不已。不用上高速，大约30分钟林中柏油路就到了。

好美呀，在一个树木怀抱的一个弧形山丘里，有3栋别墅，别墅前是大片的草坪，草坪远处是一条弯曲的柏油路，蒂耶曼先生家是最里边的一栋。

停下车，蒂耶曼先生并没有进屋，留下夫人照顾我们，他去养老院接母亲了，感恩节要全家团圆。

夫人精神干练，领我们参观了整个别墅，半地下室为两个车库，和工具间，我才理解英语里车库（garage）。

一层东侧是厨房和餐厅，西侧两个房间，一个蒂耶曼先生的书房，一个夫人的琴房。二层有4个房间，主卧室和两个小卧室在南侧，蒂耶曼先生育有一个儿子一个女儿，都已大学毕业，有自己的家。北侧外边的一间是夫人的化妆间，里边的一间是卫生间和洗浴室。一家子竟有3间厕所，楼下一间，楼上两间。衣柜是隐蔽式的，每个卧室都有超大的两个隐蔽式衣柜。

听见车声，蒂耶曼先生回来了，我们来到楼下。老太太近八十岁了，但精神矍铄，健谈，会英语。蒂耶曼先生安排我们在一楼的餐厅、书房、琴房随便休息，他和夫人在厨房忙了起来。

老太太和我一起摆餐桌，一边唠嗑，她对有蒂耶曼先生这样的儿子非常骄傲，对孙子孙女也赞不绝口。老太太对餐具很熟悉，先拿出了3个蜡台，蜡烛是用电灯模拟的，用干电池，和真的一样。知道我们用筷子，老太太主动指导我摆放刀叉的规则，盘子的右侧摆刀，左侧摆放叉勺，顺序是先用的摆在最外面，按沙拉、汤、主菜、甜食顺序由外向内摆放。这是一顿正式西餐，常规是晚上，因为我们的到来，改在中午。

感恩节晚餐的主角是烤火鸡，除了我外，其他人还喝了红葡萄酒。通常适用于摆样子的整只火鸡，被我们一扫而光。饭后我们帮着把餐桌拾掇干净，蒂耶曼先生把餐具放入洗碗机，启动自动洗碗机。夫人邀请我们一起到琴房休息，老太太坐在最中间的那个沙发上。

夫人也曾去过缅甸和云南，聊起天来兴致越来越高，蒂耶曼先生邀请夫人演奏一曲，大家一起鼓掌，夫人支起三角钢琴的上盖，钢琴上的 Steinway & sons 字样十分显眼。

欣赏着夫人的演奏，大家沉浸在美妙的琴声中。团长小声对我说，问问夫人会弹《莫斯科郊外的晚上》吗。我乘间隔时，非常客气地转达了团长的意思。我话音刚落，夫人在键盘上弹出一串动听的音乐，团长和夫人都笑了。

"先生既然问了，那一定会唱。"夫人将了团长一军。

我们几个来了精神，鼓掌鼓励团长伴唱，团长也不含乎，笑着应战，站在了钢琴旁。

第一遍，唱得卡了一下；第二遍，弹得卡了一下；第三遍，可以说完美，团长也放开了嗓子，我对团长佩服不已，老太太更是高兴得不得了。

蒂耶曼先生兴致高昂，要与夫人跳上一曲。老太太起身来到一台古典放音机旁，挑选了一张唱片。说到："蓝色多瑙河"。婆婆发话了，夫人不能怠慢，随着动听的圆舞曲，与蒂耶曼先生翩翩起舞，把气氛推到了高潮。我忘却了一切，沉浸在快乐中。

下午3点钟，我们坚持要回去了，蒂耶曼先生和夫人送我们回公寓，路上还处在兴奋状态。但我心底困扰着一个问题，这么大的房子，老太太为啥要住养老院，这个问题可能要等到我老了才会明白吧。

"咱们是不是要回请一下呀？"上公寓楼时我私下和团长说。

"就不用了吧。"团长说

"为啥呢？"我有点疑惑。

"出了问题谁负责，比如泻肚子，他们特讲究卫生。"团长理由非常充分。

"那我们为啥接受邀请呢？"我问。

"这不一样，他们请，出了问题他们要负责任。"团长头脑很清楚。

"那不显得我们中国人没礼貌吗？"我仍然很顽固。

"管不了那么多，出了事我要负责的。"团长很坦然。

我一脸茫然，回想起自己的经历，如果我用这个态度对待生活，现在应该仍然是一个够格的羊倌。

接近年终，西门子公司向院里提出了一个建议，让我们这个团组再延长1年，其中4人享受雇员待遇，每人年薪10万马克，另外两人仍按培训待遇，西门子公司提供一次探亲的往返机票。我们喜出望外，有人提出，往返机票用于夫人来德国看望。这下国内震怒了，几个臭小子，不知道天高地厚了，先全部回国再论。

更大的问题出在2名培训待遇的名额，培训待遇可以换人，那时出国是挤破脑袋的事，在换人上，国内和团组展开博弈，国内的人争取进团，原团的成员争取留在团里。

团长为了保住自己，开始向所里汇报团里的年轻人如何不守外事纪律，私自购买自行车、逛旧货市场、单独行动等都列入其中。团员也不示弱，团长一条程序都没编过、给国人丢脸，是小伙子们的理由。一时间在所里掀起轩然大波。

实际上，团长和团员都错了，权力在所里。团长是一定要换的，这与团长的工作如何没关系，因为所里要平衡中年科技工作者的利益，他们已经很艰辛了，再不为他们提供出国机会，恐怕一辈子就没有机会了。要不是出于人才培养，团里根本就不可能有像我这样的年轻人。当初，我们小组组长就曾跑到所里质疑为啥派我出国。

新团由7人组成，团长是我们室的主任工程师，我称他张师傅。两个新增团员，都是轧钢研究室的，一位是新分配的研究生。一位是83届毕业生，苏爱国，地道北京人，上大学前在派出所工作，他能进团是有背景的。

新团长有一个重要改变，就是为团里争取实惠。张师傅和所里中高层都保持着非常友好的关系，和外事科争取了购买礼品的费用，准备了扇子、丝质手绢、长城图样的挂毯。新增的团员苏爱国，毕竟是见过大世面的北京人，对制装有更高档次的主意，把手提包换成了有密码锁的皮质手提箱，曾主张每人配一块新手表，外事科没同意。

到了爱尔兰根，还是那座公寓，还是那间办公室，一切都照常。新团长与西门子员工的关系也拉得很近，这次西门子公司不再提起购买自行车的事，而是隔一段时间组织我们去旅行和参观。

先后参观了斯图加特的奔驰总部，法兰克福的欧宝汽车生产厂，慕尼黑啤酒节。

在奔驰总部，印象最深的当然是世界上第一位汽车驾驶员，这是位勇敢的女性，奔驰发明者的太太贝尔塔，她那浓密的头发令人印象深刻。

1888年，是贝尔塔驾驶丈夫发明的三轮汽车，带着两个孩子，从斯图加特的婆家，行驶了100公里，到达普福尔茨海姆的娘家。路上药店购买粗汽油、发针疏通油路、用袜带作绝缘垫等惊人之举，成了这次历史性实验传世谈资。

在法兰克福参观欧宝汽车生产流水线，解开了我的一个迷惑。德国人的工作时间很短，工作也不拼命，我师傅1年的工作量，在自动化所很可能在一个月内就干完了，而他们的生活闲暇舒适，夏天会全国性出国度假，为什么？

在欧宝汽车生产流水线的出口，每5分钟下线一辆新车，是机器代替人工在劳动。进一步理解了国家提出建设四个现代化和改革开放的初衷。

只有参加过慕尼黑啤酒节，才会知道德国人对啤酒的钟爱和巴伐利亚人生活的浪漫色彩。

呆得时间久了，就有冲破束缚的冲动，变得不安生。在西德两年，不去旅行一趟，有点不甘心，以后要是没机会来德国，多亏呀。

德国火车乘客很少，铁路公司为了促进消费，推出双人旅行优惠项目，买一张单人单程的车票，双人往返乘车，车票很便宜。同在一个公寓楼的另外一个团里，有位叫张伟的女工程师，她瘦小干练，开朗直爽，她的同事在我们团，两人一起鼓动我去旅行。

怎么和团里说好呢，照直说，团长不会同意。同意了，团长要承担责任。思来想去，跟团里撒谎，说周末去毗邻法国的奥芬堡，拜访我的师傅，我师傅的团组在奥芬堡，周一早晨回来，不耽误上班。

周六清晨，在纽伦堡火车站乘车。火车上人很少，6个人对坐的封闭的小车厢里多数坐一个人，座位可以当卧铺使用。我们挑选了3个相邻的车厢，躺着休息。下午到达汉堡，这是我们安排的第一站。先去码头，汉堡码头名气很大，傍晚还赶上对面码头的焰火表演。夜晚在张伟的主张下去逛汉堡最有名的一条街，莱泊帮，看来张伟是做过功课的，是红灯区。那时是绝对禁止出国人员逛红灯区的，好在我们能保守秘密。其实中国人不少，当然都是逛大街，开眼界的。

在逛街的同时，张伟一直在寻找一个蜡像馆。张伟知道得真多，蜡像馆里都是名人蜡像，惟妙惟肖。尤其看到周总理的蜡像，有一种震撼的感觉。

午夜，我们乘坐开往科隆的火车，每人一个封闭小车厢，睡得那叫个香。天亮赶到科隆大教堂，张伟是在欣赏，我是见识，对教堂的知识为零。教堂宏大，是二战后按照原规模重建的。西德大多数古建筑都是重建的。

我曾经不止一次地思考，为什么德国和日本能在二战留下的灰烬中，如此快的崛起。一个很重要的原因，是他们见识过繁荣，潜意识中有要实现的目标。张伟和我就是一个例子，她见识广，比我懂得多，这次旅行对她来说是一次欣赏，而我则是见世面，开眼界，在潜意识里产生一种欲望，下次再有机会，也会变成欣赏。一个民族也是如此，大清王朝在经过农业繁荣以后，固步自封，闭门守国，达官贵族贪图享乐，老百姓则满足于孩子老婆热炕头，茅草屋、毛驴车已满足了潜在的愿望。当西方列强用大炮轰醒时，整个民族付出了近百年的代价，挣扎前行。在中华民族看到生活可以更好时，东方巨龙已在奋力起飞，按着现在改革开放的势头，国家很快就会发展起来，因为整个民族有了要达到目标的潜意识。

人类社会是在迁徙、碰撞、融合中发展进步的。有文献说澳洲有个小岛，岛上居住的人类是因为与外界隔绝而消失的。

离开科隆，我们乘车去波恩。这是西德的首都，很小，和一个小镇差不多，徒步在里面转了一圈。傍晚乘坐去纽伦堡的火车，醒来时，车已到纽伦堡。坐公交车返回爱尔兰根，上班前赶回了公寓。

"小李，你们没去你师傅那吧？"张师傅私下问我。

"没有，坐火车转个来回。"事情是瞒不住的，照直说是最好的办法。

以后再没人提起过此事，现任团长比前任更有领导才能，为团里争取实惠就是一个例证。

当时和家里的联系只靠书信，从青龙县邮局到爱尔兰根公寓信箱需要2个星期。每天回到公寓就是看信箱，谁有信，大伙就会很羡慕。

接到孙玉华的来信，告诉了一个天大的好消息，金广业班长亲自去青龙县人事局办理孙玉华进京的商调函。邓小平复出后，为发展科技事业，冲破层层阻力，解决知识分子的两地分居问题，真办事，办实事。自动化所争取到了4户进京名额，我是之一。

我一直遵循一个原则，重要的事情，没达目的前要严守秘密。

"小李，户口进京有希望了？"张师傅私下问我，他比我知道得更早。

"金广业去青龙县办理商调函了。"我如实回答。

张师傅不仅知道，还应该是这件事的一位促进者。他和他夫人是当年姚依林副总理亲笔批准13户进京中的一户，两位与自动化所里各方面都保持着很好的关系，他们的意见应该对我户口进京有很大帮助。

一个月后，收到孙玉华来信，邮戳是北京的。她已带着孩子到所里报到，工作在教育科，孩子在幼儿园，住在单身宿舍4楼，与一位和我同年分到所里的女大学生合住。

我立刻把这个消息告诉了张师傅，他由衷地为我高兴。

还有两周就回国了，团里准备回请西门子公司和我们有过接触的人。蒂耶曼、舒尔特、和每个小组的4位师傅，邀请时特意提到欢迎夫人们也来参加。我的厨艺是拿不上台面的，团员们各显神通，按中餐习惯，先是冷菜，再是热菜，主食是团长张师傅的拿手锅贴。我出力气，购置菜品我负责推车，为土豆炖牛肉这道菜，我们购置了超市里最便宜的一大包牛肉。

其他人做菜时，我负责摆放餐桌，每层公寓楼中间是个超大活动房间，里面有电视，和桌椅，我们把桌子拼摆成长方形餐桌，可以围坐20人。

饭菜准备妥当，我负责迎接客人。我师傅带了夫人，见面才知道，师傅的夫人在一次车祸中受伤，要靠双拐走路，有点内疚对师傅的关心不够。

中餐热菜需要现炒现吃，团长和我陪客人的时间比较多。团员有端菜的，有炒菜的，只有苏爱国有点忐忑不安，出出进进，对招待客人和餐食服务心不在焉。其实他平时也不关心团里的事，只要能单独活动，一定是单独活动，大伙都习惯了。

送走客人，拾掇好餐桌餐具，已经很晚了。我正准备睡觉，有人敲门，苏爱国闯了进来。

"你在餐桌上，跟蒂耶曼说什么了？"他就像警察一样训斥我。

"我说啥了？"我目瞪口呆，丈二和尚摸不着头脑。

"什么爱国不爱国，你胡说八道什么！"他没有放下的意思。

我出去喊团长，这无缘无故的，咋儿回事吗，团长穿上衣服来的时候，苏爱国溜走了。

第二天晚上10点多钟，我被团长叫醒，告诉我，苏爱国已经和他摊牌，要滞留不回。

这才弄懂昨天晚上发生的事，蒂耶曼已经知道滞留的事。因为没有护照，苏爱国要提前办理一些手续，德语老师德琳也知道此事。苏爱国以为蒂耶曼在餐桌上谈了滞留的事，其实蒂耶曼只字未提。

需要尽快和国内联系，我和张师傅出去找电话。有一个酒吧亮着灯，说明来意，酒吧老板非常爽快，示意电话在桌子上。

"是所长吗？"对方刚拿起电话，我急促地问。

"你是谁，凌晨4点打电话！"对方很不高兴。

"我在西德，我们团长跟您说话。"我把话筒交给了张师傅。

通完电话，询问电话费多少钱，酒吧老板看了看电话的小屏幕说，不要钱。我再三强调这是打往中国的长途电话，应该很贵。她又看了一遍小屏幕说，没有钱。我们坚持留下地址，告诉他们，如果有费用发生，来找我们。

据说使馆曾派人来过，只能对苏爱国进行劝说，在国外毫无办法。

一个月后，我们一行6人顺利回到自动化所。

回国当天，心里盘算着，王志栋的床位没有退，我可以让玉华和李晓暂住到我的房间。掏出房门钥匙，快步向宿舍走去。

房间的门开着，飘出了烧鱼的香味，是室友王志栋在做红烧鱼。

我们都很诧异，他也不知道我已回国。寒暄过后，我离开房间。领着玉华和李晓在食堂吃饭，一家人围在一个桌子上吃饭，非常高兴，吃完晚饭我们沿着北大地散步，互相介绍着情况。

很晚了回到宿舍，躺在床上，王志栋拉开了话匣子，很无奈的讲述他的婚姻故事。

雅丽弟弟结婚后，和弟媳的关系越来越差，不能再在岳父家住下去了。雅丽的父亲通过关系，让所里暂借王志栋一间单居室。就是我们结婚时借的那种房子，条件太简陋了，两个人都不会做饭，又不肯吃食堂，没几天雅丽就回家住去了。房子里就剩他一个人，所里就把房子收回去了。加之雅丽要当丁克家庭，王志栋父母也不高兴，现在就等着办离婚手续了。

"单身真好，我正在和对门的牛师傅学做红烧鱼呢。"这是我入睡前听到王志栋说的最后一句。

第二天早起，我去地坛出国人员服务部取货。当时出国人员享受一个季度1大件1小件免关税商品。大件包括电视、冰箱、洗衣机、照相机、录像机等，小件包括电饭锅、收音机、吹风机、电风扇等。去年已给两家父母买了20寸彩色电视机，又送给了组里没出国的同事一个电冰箱名额。今年准备送给两个妹妹一家一台20寸彩色电视机，以表示大哥没能出席妹妹婚礼的歉意。当时国内只有牡丹牌的14寸彩电，还要凭票购买。

为自己购置了全套家用电器，日立21寸平面电视、松下双门电冰箱、松下全自动洗衣机、美能达照相机、松下录像机、夏普777音响。只是没地方放，只好原封摞在宿舍里。

书籍出版

可编程序控制器（PLC），这一标准化、大规模生产的，工业控制领域的计算机设备，已经被国内敏感的科技工作者觉察，他们行动之快令人叹止，中关村已经有公司在经销PLC。反应快速的工程研究设计者，已从自己动手做控制设备，转向选用PLC组成系统，编制软件。

自动化所走在了前沿，在科研楼五楼组建了设备研究室，金广业任主任。设备研究室配备硬件系统演示，组织技术培训，推广销售PLC。当时有三家PLC最热门，日本的欧姆龙PLC，低成本、紧凑型，在小型系统上占优势；西门子的S5系列PLC覆盖从小到大全系列产品；美国GE Fanuc系列产品在大型系统中占有优势。在设备研究室的硬件系统演示大厅，装备有这三个典型PLC的演示系统。

我上班的第一天，金广业就来找我了，希望我能给培训班讲讲课。因为同学关系，他称我老李，我称他老金。我告诉老金，在德国两年，我都没见过硬件设备啥样，我只能讲软件内容。这与老金不谋而合，老金负责硬件，我负责软件。

设备研究室的培训主要是针对有购买意愿的客户，几乎每周都会有培训班开班，针对客户的意愿，重点讲解适合的PLC。老金负责硬件讲解和演示，我负责软件部分。

我讲课时间常规是半天，和我当民办老师时一样，会认真写教案，但从不看教案。我把照本宣科的指令部分交给新分配的大学生，我讲解的内容是PLC的运行机理，运行周期的概念。

大多数工程技术人员都停留在编程语言的应用，有哪些指令，如何在编程器上写指令，怎样下载到PLC，怎样动态调试等。

PLC软件系统是如何运行的，知道这一点，才会从盲目使用变为驯服PLC的工具。

运行周期理论，指的是PLC里的中央处理器，CPU的运行机理。用户编制的程序是周期运行的，CPU先扫描PLC系统中所有的输入端的信号，然后执行用户编制的指令程序，最后把运算结果输出到输出端。由此会引出一系列问题，PLC响应速度、紧急信号处理、开关量整形处理、模拟量标定等等，展开来讲，学员们想不听都不可能了。

每次讲课，学员都聚精会神地听，连那些不可一世的客户都不得不佩服。因为他们发现了他们需要知道的深层次的东西。讲课技巧嘛，与我当过几年民办老师也有点关系。

很快，设备研究室的PLC培训名气远扬，受到设计院、厂矿电控领域的普遍好评。

中国自动化学会冶金自动化分会设在我们所里，张会长找到老金和我，准备不定期举办PLC培训班，学员来自全国冶金行业。

张会长建议我们编写一本培训教材。仙人指路啊，我们俩非常高兴，材料是现成的，老金也有像教案一样的东西，两周就把稿子交给了张会长。张会长也不含乎，一个月后，一本由金广业、李景学编著的《可编程序控制器原理及应用》印刷成册。教材两次印刷，第一次1000册，第二次2000册。

因为教材从培训费用里出，所以销售没有问题。我第一次有了额外收入，我用教材获得的收入，给儿子买了一款当时最好的变形金刚，弥补一下前两天与儿子发生的一个插曲。他原来有一个很小的变形金刚，一个插销坏了，站不起来了。突然一天，我们发现变形金刚竟然能站起来了。追问儿子插销哪来的，才知道他从幼儿园拿回来的。我和玉华严厉地批评了他，决定第二天领着儿子到幼儿园道歉，并把插销交给老师。后经慎重考虑，决定由儿子自己把插销送回原处，而不是交给老师。那时就下决心要给孩子买一个最好的变形金刚。

有了这本教材，老金和我在PLC领域有了一席之地，所里的PLC的生意也更加兴隆。

所长于常有找到我，说洛阳铜加工厂希望所里能帮忙培训一下他们的操作工，让我到现场培训一个月。我义不容辞，周日就启程去了洛阳铜加工厂，找总工程师报到。

洛阳铜加工厂是全国一流的铜加工企业，刚刚引进了一套国际最先进的铜材冷轧机，成品是国内最宽最薄的铜板。单机架轧机，往复轧制，开卷机、卷曲机和一些配套设备使用ABB的PLC系统。我也没接触过ABB的PLC，但所有PLC大同小异，很快就熟悉了ABB的PLC的硬件和软件系统，培训更是轻车熟路。

在洛阳铜加工厂我最大的收获是对轧机厚度控制系统AGC有了全面了解，这是一架配备最全最先进AGC系统的轧机。

轧机轧制板材时，轧辊直径是受板材厚度约束的，板材越薄，轧辊越细。轧辊直径很细，而轧制的板材又宽时，在两端压力的作用下，轧辊就会呈弧形，板材也变成中间厚两边薄。为了解决轧制较宽较薄的钢材和铜材，采取增加支撑辊的办法。这架轧机就是6辊轧机，在主轧辊上附加了4个支撑辊，这也给AGC系统增加了难度。

该轧机配备所有可能的AGC系统，来自出口厚度反馈信号的出口AGC；来自入口厚度反馈信号的前置AGC；来自张力反馈信号的张力AGC；来自压力系统的压力AGC。

为了完成这些AGC系统，轧机配备最精密的厚度、张力、压力检测仪表。

所有AGC系统对执行机构和计算机运算系统的反应速度都是

毫秒级的，执行机构全部是液压系统，计算机是专门配置的高速计算系统。

这次培训不仅得到现场的好评，更重要的是自己对AGC系统的全面学习和了解，这可是轧钢自动化的精髓。

在洛阳铜加工厂培训时还有两个非常值得回忆的插曲。

我有饭后散步的习惯。一天晚上，马路边上有一对农村夫妇在吵架。他们是赶着毛驴车来城里卖西瓜的，装钱的盒子就放在车的一角。快卖完的时候，钱盒子被偷走了。夫妇俩很伤心，互相责怪吵了起来。

"丢了，吵架也吵不回来了，何必要吵呢。"我劝着说。

"这是我们一年的收成，从栽秧到摘瓜，运来卖，全没了。"女的红着双眼看着我。

"这对你们打击的确很大，但对人的一生来说算不了什么，一扛就过去了，吵架有啥用呢。"我也不知道哪儿来的大理论。

夫妇停止了吵架，第一次遇到这么劝架的。我继续散步，这个大理论曾几次鞭策我。

每到一个地方，我非常喜欢旅游，洛阳的龙门石窟和白马寺一定要去看。星期日我坐上去白马寺和龙门石窟旅游车。快到白马寺时，售票员一再强调，下车后千万不要接招揽照相生意人的相册看。一对老年夫妇没往心里去，接过相册观看，等到要还相册时，对方说是两本而不是一本，一本20元钱。老年夫妇交了20元，回到车上没去看白马寺。

在最后一次培训时，突然有学员问起培训资料的事。我解释说，老金和我的那本《可编程控制器原理与应用》没有涉及ABB的PLC。

"哪里能买到这本书？"一位学员突然问。

"我回去寄给你们，从培训费里出，不用买。"我说。

"哪里能买到这本书？"在回京的火车上。脑子里一直回响着这句问话，我们为啥不试着正式出版呢！

和老金一拍即合，决定去找冶金工业出版社。应该是编辑部主任级别的吧，听了我们介绍，瞄了一眼教材。"都印过3000册了，还能卖得出去？"人家头都没抬，就打发我们走了，碰了一鼻子灰。

挫折对老金和我都不算啥，老金曾参加过唐山大地震的抢险工作，经历也颇丰富。也许我们应该去试试其他出版社，那就找最对口的出版社。

一星期后，我给电子工业出版社打了个电话，对方很爽快地约我们见面。一位比我们年纪稍大一点的女编辑接待的我们。翻阅教材之后，告诉我们要报批审核，申请书号，让我们等消息。

同意出版的消息很快就到了，大约一个半月后，金广业、李景学编著的《可编程序控制器原理与应用》由电子工业出版社正式出版发行。这本书重印了2次。

在第一次重印的时候，李景学、陈春雨、金广业编著的《可编程序控制器软件与编程技巧》由电子工业出版社正式出版发行。

宝钢设备安装接近尾声，很快进入调试，现场着手操作工的培训，所里派我到上海宝钢进行一个月的培训工作。

宝钢操作工都特牛，他们是精挑细选的优秀操作能手，我需要做好充分准备。在离开德国时，我们复印了我们编制的所有程序，我带上这些程序和培训教材，小心翼翼地编写针对操作工的培训讲稿。

沿着操作按钮是如何变成可编程序控制器的一个输入信号、程序是如何对这一信号进行处理的、这一信号在碰到不同条件时发生的作用、是怎样作用到输出端、产生什么样动作后果这一路径讲解。

先从最简单的点动（JOG）开始，逐步深入，然后手动、自动、PID参数的设定等，在一个月内完成整条生产线的操作流程的讲解。

像侦探小说那样，一环扣一环，仅一个JOG操作我就讲解了三天，学员听得津津有味，他们没有了傲慢，完全像一群小学生，实际上对这样一个全新的生产线，他们就是小学生。

培训上午讲课，下午自行消化。在我讲课的上午，没人迟到，没人打瞌睡。请假缺课的，第二天一定找同事抄笔记，补课。不论年龄大小都非常友好，我又可以在讲课时插入幽默了。

有意思的是，一天在电梯里竟然遇到了施密特。我们都认出了对方，很是惊喜，我用德语和他打招呼，他用中文回答我，他急着去开会，只能恋恋不舍离开。

　　快要结束的一个周五，负责培训的领导告诉我，所里要求我周日上午赶回北京，他已安排人去购买火车票，当时火车票不好买。

　　周日上午回到所里，办公桌上有一张纸条："小李，下午1点到所办开会。"

国务院津贴

所长办公室里，于所长、科研处处长、轧钢室主任、传动室主任、设备研究室老金、所总工程师都在。只有我和另外一位在西门子公司培训的同事不是中层领导，我只是轧钢室3组组长而已。轧钢室主任先介绍情况。

周四上午唐钢高速线材厂厂长、技术科科长、动力科科长、计算机室主任一行四人找到轧钢室。说他们厂从美国全套引进的高速线材生产线，设备已安装就位，美国软件公司破产，不能供货和现场调试。在寻找国内有没有研究院所能承担软件完善和调试任务，他们已经去了钢铁研究院、设计总院、天传所，都不敢接，看看自动化所有没有能力接。

大伙七嘴八舌，弄清楚了唐钢高线的来历。改革开放之初，国家准备引进建设两大钢铁生产基地，一个是上海宝山，一个是冀中。上海宝山钢铁公司主要从日本引进，冀中从欧美引进。冶金部的两大设计院重庆钢铁设计院负责宝山钢铁公司项目，北京钢铁设计总院负责冀中引进项目。

改革开放是在层层阻力下前行的，宝钢项目第二期就受到了来自各方面的阻力，改由西德进口，而冀中项目迟迟不能进行，最后只从美国引进了一条现代化高速线材生产线，因此北京设计总院远远落后于武钢院和重庆钢铁设计院。

主要讨论两个问题，有没有能力接，要多少钱。

在能不能干问题上，多数人心里没底。事实上，多数人只是在武钢见过轧机系统，摸都没摸过，更不用说真干。还有些人担心搞砸了，责任重大。总工程师是交流电机经典调速方面的专家，对自动化不甚了解。

在要多少钱上，差距巨大。轧钢室主任开价18万，当时没有超过10万块钱的合同，科研处处长开得最高，180万。争论到5点钟，也没统一思想。

"小李，是我把你从宝钢叫回来的，别一声不吭啊。"于所长对坐在旮旯的我笑着说。

"第一个问题，我觉得不是能干不能干的问题，是敢干还是不敢干的问题，不干咋知道不能干；第二个问题，我赞成180万，我们不能压低自己的身价。"我挺直了腰说。

"哎，小李，你夫人调来后住哪儿啦？"于所长问了一个不相干的问题。

"单身宿舍。"我有点儿没反应过来。

接着于所长又问了我旁边的西门子培训的同事。同事的回答是，要消化过资料才知道能不能干。

最后，于所长站起来说："由科研处、轧钢室、传动室、设备室组成对等谈判小组，科研处牵头，起草合同，务必谈成，合同额争取180万。合同由我签字。"所长就是所长。

在合同签订后，所里组成了18人的专题组，准备常驻唐钢招待所。我们3组的4位年轻人全部参加。

一天上午，我正在组里整理出差唐钢所用资料，接到房产科电话，让我去取钥匙。

所长为我们进京的4户特批，暂借每户一个单居室房，就是结婚时借的那种。喜出望外，我那全套家用电器总算有地方放了。电视机、电冰箱可以用了，洗衣机还不能用，没下水道。仓促搬进去，第二天就出差去唐山了。

我们包租了唐钢招待所一层楼，每个房间4个人，科研处小邓负责安排生活，轧钢室主任为组长，设备室主任老金为副组长。

控制系统按PLC控制站分组，一组两个人。加热炉、初轧机、中轧机、精轧机、盘卷机、打包机6组12个人，传动部分4个人，组长和小邓不具体分工。

我们3组来的4个人，我和陈春雨一组负责7架初轧机和2台飞剪，赵工和李工负责中轧机，与我同去西门子培训的同事负责精轧机，是整个轧制过程的核心部分。

陈春雨是刚从我的母校分到我们3组的，稳重能干，在校时是班长。我把重任压在他身上，我要尽快熟悉掌握整个系统。

用的是美国GE FANAC的PLC系统，一切从头熟悉。在基本掌握了硬件和指令系统后，感觉比西门子的好用。网络系统是以太网，比西门子的高速H2网好用。指令也好用些，比如GE有单次脉冲指令（one shot）来记忆输入信号时刻问题，而西门子要通过编程才能完成。点动（JOG）、手动、自动等操作过程是标准化的。

在熟悉消化现场资料期间，现场一直叫喊，要自动化所派专家来，来的人太年轻。科研处处长曾两次带所里有名专家来现场指导。第二次，总工程师发现了问题："我们来了，小李你们咋儿都不吱声啊！"

我只能谦卑的微笑。能说啥，你们的指导与我们面临的系统不搭茬，基本没关系。我们都在认真消化资料，我更需要踏踏实实的做功课。

所里明白了问题所在，于所长亲自来到现场，没带专家，口风转了："我们派来的人就是专家！"这是于所长对现场和专题组的表态。

于所长临走前要犒劳专题组成员，在餐桌上年轻人充分显示了朝气。小邓点的菜品明显不够，年轻人采取光盘行动，每上一个菜，立即吃光，把吃光的盘子摞起来，盘子摞了很高，桌子上是空的。小邓只好不断添餐，气氛非常活跃。于所长应该很欣慰，大伙把他当成了自己人。

"小李，怎么样？"送于所长回京时，他有意靠近我。

"下礼拜就会有消息。"我说。

"给我一个好消息。"于所长一边上车一边回头对我说。

控制系统我已经心里有底，在我的指导下，陈春雨的程序也已经就绪。担心的是传动部分，找到传动部分了解情况，非常乐观，传动部分答应配合调试。决定星期一，对初轧7架轧机进行空载试车。

要试车了，全部人员都来看热闹了，厂长刘振装和分管设备的副厂长都到了现场。传动、轧机、都配备了对讲机，我在中控室，陈春雨负责计算机和操作。

"第一号初轧机准备试车。"我通过对讲机给出了指令。

"正向点动！"在确认各个系统待命状态，我给出操作命令。

"转了，转了，好像反了，停、停……"是副厂长的声音。

"没反，你看错了，厂长。"轧机旁的声音。

"谁在调试？是我还是你？谁让你喊停的？"我急了，连发三问，全场人都听见了。我可能是第一个敢对副厂长发火的人。

"李工，我看错了，你调试。"对讲机传来了副厂长的声音。

"厂长，我脾气急，但指挥只能有一个，不然就乱了。"我们双方都没恶意。

"1号轧机正向点动！"我重新给出指令。

"1号轧机反向点动！"确认一切正常后，我给出第二个命令。

"1号轧机手动！"调试继续。

"1号轧机增速到50%。"调试继续。

"1号轧机额定速度。"调试继续，我暗暗自喜。

"保持1号轧机额定速度运转，调试2号轧机。"我给出了新的指令。

一直到7号轧机，一切顺利。

"保持所有轧机额定速度运行1个小时！"我心里那个高兴。

停止了调试，我才发现专题组组长，轧钢室主任竟不在现场。碰到他时我一点没客气："上午您哪去了，害怕了，怕担责任啊！"搞得他目瞪口呆。实际上他是学数学的，裹足不前是大伙对他的普遍评价。

从那个周一开始，扭转了现场的看法，也激励了专题组成员。大家都看到了希望。

其他小组成员都找陈春雨讨教，我有工夫来考虑有载试车问题。

在有载试车前，是空载联调。空载联调要等到全部单机空载试车以后。

大约一个月后，所有单机架调试完成，准备全线联调。我已对整个高速线材生产线有了全面熟悉和掌握。原以为5架精轧机最复杂，实际上精轧机最简单，5架是一个驱动系统，5个机架的孔比和速比是机械完成的。从控制角度来说，就是速度设定，精轧机的速度是不用调节的，精轧机前面的轧机的速度是根据这一速度进行设定和调节的。精轧机的设计出口速度是120米/秒，相当于子弹速度。

盘卷机也是机械完成的，靠线材的高速冲力，自动成盘，盘卷机的控制关键，是准确迅速把盘卷90°角方向推入盘卷冷却辊道。

速度调节最难的是中轧机，是靠活套高度来调节前一架轧机速度。3个中轧机之间配有活套装置，使高速运行的线材在这里形成一个弧形的套。调节前一机架速度使活套高度保持在一定范围内，从而保持线材在无张力下轧制，一个立套，一个卧套。

初轧机由于钢材粗，有足够强度，速度调节采用张力控制，也就是根据轧机的电流来调节前一机架速度，也相对容易。但初轧机的两个飞剪确是控制难点。初轧机前端的飞剪是为了剪去加热炉出来的钢坯的头部和尾部，避免加热不均的头尾部对轧机的冲击。初轧机末端的飞剪，是为了剪去在长时间轧制过程中钢材形成的冷却的头部和尾部，以使钢坯顺利进入中轧机组。第一架飞剪剪掉的头尾保持在10至15厘米，第二架飞剪剪掉的头尾保持在20至25厘米。

全线联调很顺利，但在考验运行时出了问题，全线会偶发突然停机。已发生过两次，不影响再启动。这是试车以来最棘手的问题，设法寻找原因。现场刘厂长就站在我们后边，一言不发，从早到晚一整天，一筹莫展。晚上10点钟，所有人都散去，中央控制室就剩老金和我。

一定要找到原因，我们决定等待偶发停机。大约2个小时后，突然停了，啥原因呢？冥思苦想，毫无进展。在拔插通讯插头时，不经意发现，一个48针头插头中的一个插针缩了回去，这根插针与插孔处于不牢固连接状态。用钳子把插针拔出固定好，插上插头，启动系统。一直到大批人员来上班，系统运行正常。我们告诉他们，故障已经排除。交接好后，让系统保持运行24小时。我们回去睡觉了。

老金和老李排出的故障成了高度秘密，也使现场有了敬畏之感。问题的关键不在于故障本身，而在于老金和我能在难题面前的坚持。

全线联调成功后，第二天就不见专题组组长。

"组长回京了？"早餐时我和老金坐在一起。

"他担心他那读大学的孩子。几个年轻的也跑回去看热闹了。"老金说。

"我不支持学生闹事。"我们开始讨论时局。

"我们年少时，造反、串联、下乡，国家耽误了10年。"老金说。

"改革开放阻力很大，动了一些人的蛋糕啊。"我略有所思。

"闹大了对国家没好处。"老金担心国家命运，他是党员。

"刚刚大规模建设才几年啊！"我附和着。

"有载试车要停一停了。"老金回到了眼前。

"有载试车有两个难点，一个活套，一个飞剪，飞剪可以模拟试车。"我提议。

"我跟现场商量，咱们模拟试车飞剪。"老金同意了我的建议。

模拟试车，就是强制飞剪启动所需的条件，单独启动飞剪。飞剪初始定位在水平15°，满足启动条件时，以最大电流启动，飞剪接触钢材时达到最大速度，剪切完毕，施加反方向电流，进行制动，保证飞剪的惯性运动不会越过水平90°，最后确保飞剪定位于水平15°。

第一次，因为缺少剪切的阻力，飞剪没能停住，转了两圈。把启动电流减半后，一圈后，飞剪停在了初始位置。有人提议用木材代替钢材进行模拟试车，被我否定了，这涉及飞剪的机械特性问题。

回京的成员陆续回来了，组长也回来了。

晚上，我正在和赵工探讨活套控制问题，组长走了进来。

"您回去帮着平息学生闹事了！"我阴阳怪气地说。

"我那小子愣头青，我不放心啊！"他解释说。

"听说飞剪模拟试车很成功。"其实他人不坏。

"等你回来有载试车呢。"我说。

有载试车那天，加热炉只加热了一根钢材，在全线空载运行一段时间后，全线有载试车开始。

我拿着对讲机守在第一台飞剪前，非值守人员都围在初轧机旁。随着加热炉出钢的指令，一根长10米，截面正方形，边长20厘米，火红的钢坯从辊道上缓慢向飞剪移动，我目不转睛盯着飞剪，只听咣的一声，钢材头部被剪掉，顺利进入1号轧机，人们跟着钢材移动。2号、3号、4号、5号、6号、7号轧机顺利通过。2号飞剪是那样的快，根本不容你看见。人们还没反应过来，钢材已经变成了一个规整的盘条卷。

晚上高速线材厂宴请所有参加试车人员。

6个月后，唐山钢铁公司高速线材投产。飞剪和活套都运行得十分良好，我从内心佩服机械设备的精密和可靠。

唐钢高线的投产运行，使冶金部自动化所名声大震，不仅在冶金领域受到普遍关注，连传动领域的老大哥天津传动研究所也显得逊色了。于常有所长乘势做了两件事，第一更名，第二建设家属楼，这两件事与我都息息相关。

我们单位由"所"升级为"院"，正式更名为冶金工业部自动化研究院。研究所壮大发展成研究院，是于常有院长适应国内冶金行业迅猛发展的形势，紧跟改革开放步伐，科研项目直接来自厂矿，大胆实行人员管理权和财务支配权归专题组这一激励机制，设身处地为知识分子想问题，极大的激发了科研工作者积极性的结果。唐钢高速线材只是一个突出的例子，院内在与厂矿合作，推进冶金行业控制设备更新换代的工程项目上已全面开花。

我就是在这样环境下成长起来的，是这一局面的受益者，也是这一局面的贡献者，在更名为研究院后，我被提拔为轧钢自动化研究室主任。

于院长还抓住财务宽裕这一条件，在原来所里库房处建了5栋家属楼。这可是让部机关都眼红的大事，单位能够用自由资金建设如此大规模的家属楼，少之又少。要应付来自冶金部机关和地方派出所的卡油，部机关是领导机关，派出所掌握房屋命名权，给住户上户口权。

房屋的分配问题压力更大，牢不可破的政策法规就是按工龄排队。而按工龄排队就会极大挫伤科技工作者的积极性。

每个研究室配有办事员，轧钢室的办事员和我同龄，按工龄排队她有资格选到南北方向的2居室，而我可能都没资格分到房。

于院长为了在确保工人师傅不闹事的情况下，向分房领导小组申请了10套奖励房。用于奖励那些对此次建房有突出贡献者，得到多数员工的认可，毕竟很多单位建不起房。

我是受奖励之一，院长奖励我一套东西方向的2居室，办事员分到南北方向的2居室。

我已经有了当时大多数人奢求的东西，在北京有了家。我没有理由不发奋工作。

冶金部自动化院轧钢自动化研究室主任，应该全面掌握轧钢自动化领域的三大关键技术，连轧机的速度控制，轧机辊缝位置控制APC，轧机的板材的厚度控制AGC。

就国内设备情况，自己设计完成像洛阳铜加工厂那样的AGC系统，还不现实。我下决心要亲自设计并投入运行一套连轧机的速度控制系统和一套APC系统。

手头已经有一个连轧机速度控制项目，无锡锡兴钢铁公司的热连轧棒材项目。这是一个乡镇企业，是民族资本家荣毅仁先生为家乡所做贡献的一部分，是个全新项目。我任专题组长，一位叫姜舒的硕士毕业生和一位本科毕业生为组员，系统设计已完成，正在系统组装和软件编程。有唐钢高速线材的经历，连轧机速度控制我心里有底。

在等待具有典型APC系统项目时，科研处转来一个议标项目，山东日照轧钢厂引进的二手设备轧机。我和陈春雨来到日照，和我们竞标的是钢铁设计总院的。

到现场，才发现是国外淘汰的粗轧机。把热钢锭往复5次，轧制成钢坯。整个轧制过程完全手动，热钢锭出炉后，手动扳动辊缝把手到第一档，启动轧机前侧辊道，第一道轧制完成后，辊缝把手扳到第二档，启动轧机后侧辊道，如此5次轧制，钢锭轧制成钢坯，几乎没有精度要求。在没有自动化控制条件下只能这样，这是国内生产轧机的水平。

这是钢铁总院的拿手技术，他们有这种轧机的完整设计图，可以列举出多家正在运行中的客户，都是他们设计配套的。

在招待所听说，日照钢厂的总经理是袁雅丽时，我以为是重名。从前台接待那里知道，就是袁副部长的女儿，现在是某个私营钢铁集团董事长的夫人。

袁雅丽一走进会议室，我内心十分佩服，整个一个女企业家的形象。手还是那样白皙，只是纤细了许多，脸上呈现出良好保养的痕迹。

在议标现场，我们都装作不认识，没通过介绍，我就称她袁总，她称我李主任。她也应该知道自动化院来的人是我。

我委托陈春雨介绍情况，设计总院底气十足。

自动化院中标是肯定的，只是这个系统令我失望，根本不是我期待的APC系统。我把专题交给了陈春雨。有点委屈陈春雨了，要不是我在这论资排辈，他就是轧钢室主任。

当你有了名声，机会就会找上门来，机会来了。

鞍山市轧钢厂一行3人来找轧钢室，他们要上一套全新的H型钢轧机。

领队是刘厂长，花白头发背梳，个子不高，精神矍铄，浓浓的鞍山口音，使人感到既随和又威严。另外两位，一位是项目办靳主任，一位是计算机室单主任。

因为项目包括传动部分，我请来了传动室主任。在会议室里，靳主任先介绍了情况。

鞍山市轧钢厂，与鞍钢没关系，是市属企业，与香港合资的私营性质的集体企业。为了适应国内建筑行业的需要，准备上一套全新的H型轧机。传统称为工字钢，在没能解决H型轧机的辊缝问题，工字钢是由T型钢焊接而成，T型钢容易轧制。工字钢在成本和承重能力上都没办法和H型钢比。要求轧机具有现代化水平，用计算机摆辊缝。靳主任介绍完后，我介绍控制系统。

"轧钢有三个关键技术，连轧机的速度调节，辊缝位置控制，辊缝动态控制。你们这架轧机，不用辊缝动态控制，因为是电动压下，动态控制一般要液压压下。不用速度联动，速度值可以用计算机设定。关键是摆辊缝，电动压下通常根据螺距，由计算机计算辊缝值，难点是如何解决额定压力下的辊缝和空载下的辊缝不一致问题。解决这个问题的办法是归零法，也就是把施加额定压力时的辊缝设为零位置，从零位置抬起轧辊，抬起的距离为辊缝值，消除压力和机械缝隙所带来的误差。其它所有开关量都纳入计算机系统，按工艺要求编制程序就是了。"

在传动室主任介绍时，我们统计点数，配置系统，计算报价。系统配置是按接入计算机系统的点数进行的，受国内厂方承受能力限制，系统都会配置得非常紧凑，国际通常会给系统留有充分的裕量。长期连续运行的系统最好是在额定能力的30%下运行。这在国内是不行的，成本太高，配置系统基本在满负荷条件下，硬件系统计算结果是30万元人民币。这个报价是按设备供应商的公开报价计算的，我们会有15%的折扣。折扣部分就是我们的利润，足够室里10个人1年的工资。国内企业是不认可软件费用的，所以报了5万元人民币的软件费用，留给厂方在谈价时砍价。

刘厂长没在院里吃午饭，他是来定夺的。交代给靳主任和单主任下午谈的内容，就离开了，有专车在门口等着。

　　吃饭时听靳主任说起，他们企业是市里利税大户，因为是合资企业，还可以为市里财政提供方便。厂里都私下称刘厂长为"陛下"，在厂里说一不二。厂里效益很好，很多人想挤进工厂。这次H型轧机是准备让工厂上新台阶。选择系统供货商，刘厂长才会亲自到场。这会儿"陛下"应该在喝茅台呢。

　　下午接着洽谈，先从传动系统开始，我在那儿等着谈控制系统，准备如何在勉为其难的感觉下，让出那5万元软件费。

　　传动系统花费了相当长的时间，尤其在价格上谈得非常艰难，最后终于达成一致。

　　"李主任，刘厂长有话，你那部分咱也不懂，一切按你说的。"靳主任对我说。

　　"意思就是让我把活干好呗！"我愣了一下，缓过神来。

　　"刘厂长非常佩服李主任辊缝归零的办法。"单主任私下对我说。

　　他们不是不懂，真正要干事的，5万元和把活干好相比，不算啥。这是我第一次碰到这样的企业，与前些日子碰到的截然不同。

　　上个月，包钢来了一位技改办主任，说他们要上一条高速线材，他先来考察，顺路要带孩子回东北老家。我派专人陪他好吃好喝，为他解决回老家的花费的报销手续，让人陪他一同回老家。

　　过两天，又来了4个人的考察队伍，还有一位带着家属的，摆着架子考察设备室，实验室，我们设计了西门子系统，报价106万元。他们又要去长城看看，我从车队雇了大轿车，派人陪他们去八达岭旅游。

终于要来谈合同了，一行10人，分厂厂长带队。我们从早上8点开始等，11点才到，是西门子公司北京办事处用车送来的，他们先去西门子询价了，西门子报价105万人民币。同一个清单，不可能出现两个价格，我当即对价，发现西门子少报了一台终端设备，我当场打电话给西门子公司，表示不满。其实西门子的销售人员没工夫给他们认真报价。一台终端1.3万元，我当即把报价改成106.3万元人民币。对方非常尴尬，合同谈不下去了。

一年后，他们厂来了5个人，说是来道歉的。项目给了天传所，使用的国产微机系统，系统调不下去了，撂在那儿，天传所里负责该项目的3个人，也因此耽误了提成高级工程师。

当时最怕为大型国企服务，跟你摆谱和卡你油的人，是说了不算的。说了算的你够不上，需要部机关出面，哪怕是部机关的办事员也行，院里的副院长都不行，更何况你一个小小的室主任。好在当时民营企业如雨后春笋，蓬勃发展。

锡兴钢铁公司项目先开始调试，这是个棒材生产线。轧机速度联调靠张力，后续只是需要把轧制完成的棒材，迅速、准确的拨入冷却床。技术上心里有底，控制系统是西门子的，也没有可以担心的。

姜舒是硕士毕业分到院里的，她先生已去美国深造，我告诉

182

她可以在招待所给美国打两个长途，那时长途电话很贵，其实她打几个我也不会去查。她对系统掌握程度绰绰有余，也很能干，更要好好表现，争取签字同意去美国，其实任何人只要申请，我都会签字。

调试非常顺利，热试车的第二天我就离开，去了鞍山市轧钢厂，那时已经是冬天了。

到达鞍山的第二天早上，我正在问招待所前台，坐哪路车去鞍山市轧钢厂。

"刘厂长让我来接你了。"背后传来了单主任的声音。

"刘厂长的专车！"单主任指着停在招待所门口的奔驰S320说。

招待所的服务员都惊诧不已，何等人物，如此高规格。

我第一次坐奔驰，要不是去过德国，我根本不知道如此豪华的车是啥牌子。

"小李，轧机交给你了，有啥要求跟小单子说，我来解决。"刘厂长打完招呼就坐车离开了。

该专题组的另外两位早已在现场，指导安装了。单主任手下也有3个小伙子配合调试。

第一步，检验安装是否正确，控制系统主要验证接线是否正确。在检查接触器时，给定输出信号，接触器没反应。测量电压，只有17.5伏，接触器最低工作电压20伏，计算机端输出电压24伏，线路损失太大。原因是，接线工把所有回路的地线用一根线代替，加之线路较长，电压损失过大。把所有回路的地线都连接上，问题解决了。其它一切顺利，等待传动系统满足试车条件。

一切准备就绪，要对辊缝归零进行试车，心里直打鼓，毕竟只是理论上的，还没亲自试过。

"开始！"一切准备就绪后，我给出了指令。

轧辊在慢慢靠近，我焦急地等在那里。

"咣"的一声，在轧辊接触后，故障停机了。

我很快就明白过来，轧辊之间在刚性接触之后，压力值会急剧升高，不容测试到额定压力，已经超过报警压力值，触发自动保护系统。

采取两个办法来解决，一是减缓压下速度，尽量延长刚性接触的时间，二是设定提前量，在达到0.618的额定压力值就发出停止压下指令，获得成功。这就是实际干过和没干过的区别，向轧钢自动化专家靠近了。

有载试车非常顺利，轧出的H型钢完全满足要求。有载试车成功的那天晚上，我请计算机室的4位小伙子吃饭，我要了60元一瓶的剑南春，我不喝酒，4个小伙子喝了3瓶，说是酒好喝。

第二天他们找我道歉，说不知道那酒那么贵。我告诉他们，我非常高兴你们能开怀。

刘厂长也很高兴，把我们拉到营口鲅鱼圈去吃螃蟹，餐桌上的大盘子里摆满了红彤彤的大螃蟹，每个都是满黄，与在德国德琳姐姐家吃的牛排一样印在脑子里了。

等我带着两位组员回到院里，已经临近春节了。办事员告诉说，院里通知，明天务必参加全院总结表彰大会。

于院长已经调到部里的科技司当司长了，不过仍兼任自动化院院长。所以总结大会由常务副院长讲话，他给我的评价是"轧钢室主任李景学，南征北战。"

我和院里其他四位获得"国务院政府特殊津贴"奖励，由副院长直接给我发奖状。

第二年，鞍山市轧钢厂H型钢轧机自动化项目被评为冶金部科技进步二等奖，同年我获得冶金部高级工程师资格证书，被冶金部自动化院聘为高级工程师。

我已经冠冕堂皇的成为轧钢自动化领域的专家，各种会议接踵而来。享听着会议接待人员那柔声尊称，欣赏着有求者的吹捧，提着会议送的大包小包的礼物。非常不适应这种环境，我还有足够的精力继续前行。

一年后，无锡锡兴钢铁公司的热连轧工程竣工，常务副院长要参加竣工典礼，现场指名希望我参加。

"李主任一走就是一年啊！"在餐桌上，钢厂总工程师开玩笑的对我过早离开现场表示不满。

"当然，一位主任由一个科员看着，显然不妥。"总工程师把矛头指向了科研处处长。

"来，喝酒！喝酒！干杯！"常务副院长打破了尴尬。

在科研处处长被提拔成院长助理后，对饭桌的谈话耿耿于怀，由院办公室发红头文件，成立工程管理处和器材处，两处由院长助理主抓。收回了专题组的人权和财权，工程管理处负责专题项目的人员配备和财务管理，工程项目所需设备统一由器材处购买，各室主任一片哗然，自动化院向走下坡路迈出了第一步。

在过去，科研人员对付这种状况的方式是消极怠工，反正都拿死工资。现在情况不同了，科研人员有了出路。

国家也已经注意到，来自科研机构的官僚作风对科技创新的阻力，出台了多项人才流动和支持科研工作者下海创业的政策。非常关键的是人事关系，由于人事档案在单位，所以科研工作者成了单位的人。为了冲破这一束缚，国家出台政策成立人才交流中心，相当于下海人员的人事部门，保证他们的职称、工龄、退休等享有国企同等待遇。另一项是鼓励科技人员成立有限责任公司，最初6年，减免所得税，前3年免征，后3年减半征收。

我们去西门子培训的6个人中，已经有3位去了西门子中国公司，我的前任主任也去了西门子公司。

我对去外企工作的人员非常支持，王志栋的单位主任就是不给他签字，先调到轧钢室，然后我给签字，去了一家私营科技公司。

我也接到了西门子公司打来的邀请电话，被我婉拒了。支持别人到外企工作是一回事，自己要去是另一回事，是改革开放使我成长为一名科技工作者，应该为民族工业尽微薄之力才对。

院发的红头文件受到基层强烈抵触。为了贯彻执行，院里一次性免职了4个室的主任。这4个室主任都是82届毕业生，我是其中之一，这是促使我下海的最后一推。4位解职的主任，一位去了加拿大，一位带领7位工程技术人员成立公司，设备室主任金广业和我成立了奥特曼科技有限责任公司，奥特曼为英语自动化的音译。老金和我承诺，不和自动化院抢饭吃，不承接冶金行业的项目。

我下海的同一年，李晓考上清华大学自动化专业，子承父业。

下　海

创业开公司绝非易事，必须在夹缝中生存，在歧视中前行。国营企业心安理得的占有了全民所有时的土地、房产、资产、权力。民营企业一无所有，有的是积极奋进的精神，因为要靠自己才能生存，等、靠、要的时代没有了。

我们拿出自己的积蓄，在科技部信息所里租了办公用房，置办了办公用品。寻找承接自动化系统工程的机会。

承接的首个项目来自法国的雀巢公司。雀巢在东莞投资建设咖啡生产线，我们承包该生产线中沸腾炉的控制系统。

这个项目在院里至少要配备6位工程师，还不算工程处派出的监工。现在，我一个人全包了，从系统设计、系统装配、到现场调试全权负责。

项目总负责人是法国人，负责电气的是韩国人，大伙都用英语交流，没有语言障碍。

沸腾炉的原理是把燃料吹飞起来进行燃烧，炉内压力是控制难点，低了吹不起来，高了燃料被吹飞了，燃料有两种，一种是煤粉，一种是咖啡渣。炉内压力控制的目标值根据燃料不同而不同。

压力控制用到了经典控制理论里的PID调节器，设定放大系数时并未碰到困难，压力调节一直非常稳定。

我对原来实验室设计操作画面不太满意，利用2个夜晚，重新设计了操作画面，使画面更直观，并且把反馈给PLC的所有参数都显示在操作画面上，韩国人颇感意外，十分满意。

沸腾炉开炉由3名日本工人主持，他们是日本一家沸腾炉的操作人员。日本工人严格仔细的工作方式使我佩服不已。组长是个年轻人，他不放过任何一个细节，而且都写在本子上。他们不去现场以外的任何地方旅游，他们是来工作的。

项目调试结束，法国人提出留我延长一个月后续服务，每天支付服务费800元人民币。因为我还有另一个工程等着，商定结果，公司派另一位工程师来完成服务任务。如此慷慨的服务费使我佩服，国内30元一天都不会给，因为在国内企业眼里，服务是廉价的。

我在北京接待这位法国负责人时，也体会到西方有很多人对中国的了解少之又少，且带有偏见。

一天，接到他的电话，说他的夫人和孩子来北京了，希望我能在第二天下午3点钟，接他们全家，先去香山公园，再去颐和园玩。我当时有点发蒙，下午3点钟开始，还要玩2个公园，时间安排有问题。

第二天上午，我给他打电话，告诉他时间不够，改为只去颐和园。到达颐和园已经4点钟了，我引导着他们一家，进入颐和园东门，夫人坚持要参观右侧的文昌殿，为了不耽误到里面观光，我建议他们等回来再看，他夫人拿出了西方人的那种礼貌，委婉地问我，怎么能保证回来时门还开着，我只好领他们进了文昌殿。等我们来到昆明湖边上时，全家人都傻眼了，没想到会有这么大的公园。夫人惋惜地说一定再来。晚饭时，这位法国负责人告诉我，他的一个同事选择到台湾任职而不是北京是个错误。

下海后没有了各种烦扰，工程调试期间，有很多时间是等待现场条件的满足，又有工夫开始读书了。有一种说法，要想从商，一定要阅读《教父》。买来英文版《教父》，随身带到现场，早晚阅读，这是一本讲胆识和韬略的。在反击对手之前，要表现得平和友好，反击要干净利索。这不适合我，所以我不是从商的料。

故事中一位打手说的，"枪一定在那儿！"倒是成了我的座右铭。说的是小教父为老教父复仇，需要预先把枪放在厕所的水箱里，一位打手做的保证。告诫自己无论做啥事，要有"枪一定在那儿！"的把握。所以，我注定是一位干将，而不是老板。

雀巢公司的工程项目都能干好，公司开局不错。由于我们所用设备的关系，承接的都是大公司的控制系统，小公司用不起。

有位锅炉厂的总工程师对我说："李总，你们的东西是好，可是我们一台锅炉都没你的系统值钱，用不起呀。"

第二年，公司就购买了一辆捷达轿车，花了18万。第五年头，公司有了3辆车，老金开奥迪A6，我开帕萨特1.8T，另一位是现代圣达菲。

烟台万华MDI工程也是我们承接的较有名的工程，这次用的是GE FANAC的可编程序控制器，仍由我一个人全权负责。对控制系统已熟练掌握了，有更多时间读书。我开始下功夫关注证券市场。

我开始大量阅读有关股市方面的书籍，国内很多有关股市的书都很肤浅，不解渴。恰在这时有大量翻译版书籍出版，被一本《股票大师回忆录》深深吸引，读了又读，并勾画了重点语句，仍不解渴，一定要读原文版的。在带领团队去美国时，我随身带着写好书名《REMINISCENCES OF A STOCK OPERATOR》和作者EDWIN LEFEVRE的纸条，每到一个城市，一定抽空去书店寻找。在费城的一个较大的书店里，售货员把书名输入计算机，告诉我这本书还在卖，她去楼上给我找来了这本书，我喜出望外。离开时，她伸出大拇指，祝我赚大钱。

阅读了英文版，我才知道这本书的作者并不是真正的金融市场投资人，而是一位金融评论编辑，但这毫不影响这本书在投资人眼里的重要地位。

该书出版于1923年，以传记方式，记录了一位最富传奇色彩、令人炫目和最受尊敬的金融市场投机者。这位投机者1877年出生于美国麻省的一个贫苦的农民家庭，14岁时，他离家前往波士顿找到了一份在当地一家经纪行做职员的工作，周薪3美元。由此起步，经过毕生的股票和商品期货交易，由一个恬静而执着的年轻人成长为最令人畏惧和钦佩的市场投资者。

书中所探讨的许多交易策略、准则、和技巧具有普遍指导意义。对我影响最大的是末尾的一段，抄录如下：

公众应当了解股票交易上主要的东西，当一种股票价格上涨，过多的解释它为什么会持续上涨的说明是没有必要的。人们持续地购买这只股票，它的价格就会持续上升；如果他是持续上涨的，并且只有平时传来的一些小的但是自然的反映，那么这支股票就有很好的安全度足以让人们去关注它。但是如果在一段长时间的平衡上涨之后股票出现了转折，并且开始慢慢下滑，只有偶尔几次小的回升，这就明白显示股票已经从上涨变为下跌。面对这种情况，为什么人们一定要要求一个解释？可能有足够下滑的理由。但原因只有少数几个人知道，而人们应当认识这场游戏的本质，那就是那些少数知道真相的几个人不会说出实情的。署名为"内部人士"或以"官方名义"所谓声明事实都是没有根据的。有时内部人士们甚至并未被要求做出无论是署名的，还是不署名的讲话。这些故事都是由那些在股市上有极大利益的人编的。在某种证券的市场价格走势处于一定阶段的时候，公司内部的大人物是不会反对寻求专业人士的帮助去买卖股票的，而此时，这个内部人士可能会告诉这大投机商买进股票的适当时间，但可以打赌他永远也不会说出什么时候卖出。这就把这个大玩家放到了与公众的位置。他唯一想要的是一个足够大的市场给他以用武之地。然后你就会听到误导的消息。自然有些内部人士在游戏的任何阶段都是不可信赖的。作为一种规矩，在大公司里处于领导地位的人可能会因为他们的内部消息对股市产生影响，但他们并不说谎。他们只是什么也不说而已，因为他们多次发现沉默是金。

我已经说过多次，多年作为股票操作人的经历告诉我，没有一个人能够在股票交易中从不失手，虽然他们可能在某些情况下从某些股票交易中赚到钱。这话我已经说得不能再多了。无论一个股商多有经验，他都可能遭受损失，因为股市投机买卖不会是100%地安全。华尔街上的职业投资人知道，来自内部消息会彻底地打击一个人，这比饥荒、鼠疫、粮食歉收、政治变化等可以被称为正常事故的事都来得快。在华尔街和任何别的地方都没有通往成功的轻便之门，为什么还要增加更大的障碍（之所谓的"内部消息"往往起误导作用）呢？

走捷径很难获得成功。听信"内部消息"就是炒股人想走的捷径，导致的往往是惨败。踏踏实实的学习和用心的经历也许能走向成功。

经历一定是自己的，别人的不可靠。他人在叙述上可能会丢掉或隐瞒重要环节，你也会在理解他人的经历时产生误解。

书还是要读的，我曾阅读了有关索罗斯、罗杰斯、巴菲特等大量的书籍，但这不等于你会炒股，真正能帮你做出买卖决策的，是来自自身的经历。就像熟读兵书，不一定打胜仗一样，要打胜仗必须在战场上磨练。

我在北京开始有交易市场就进入了。那时因为资金账户的限制，开户很难。从朋友那儿听说，在城乡贸易中心有新的证券公司要开业，起大早骑自行车赶到证券公司门口，排队等待开户申请。证券公司接受客户申请后，去上海证券交易所办理股东卡，大约1个月后，客户可以拿到股东卡和交易资金卡，进行买卖股票。

买卖股票要先填写申请单，递进窗口，由证券公司交易员把指令输入计算机终端，成交后有打印条生成，打印条是交易证据，要仔细保存。

当时证券公司交易大厅，就像电影院，人们坐在椅子上看大屏幕上的行情。年龄大的较多，特别是大妈比较多。我曾站在大厅的入口处，看着大厅里的大妈想，我应该做得比你们好。

首次买入股票，账面已获利50%，账户里有3万元的市值。正在等待更好的收益的时候，急着用钱，被迫全部卖掉，给李晓交初中赞助费了。

当时小学升重点初中是由小学推荐，我早就深知推荐与孩子的学习成绩无关，决定于孩子的背景，我们显然没有任何背景。还好，重点中学老师的亲属可以交3万赞助费入学，我的同事的夫人在重点中学教务处工作，打着她的旗号，李晓被批准进入重点初中读书。这是我一生最值得的投资，他靠自己的实力考入了重点高中，才有后来考入清华读书的机会。

几个月后，股市暴跌，要不是被迫卖掉，投入股市的资金会缩水为1万元多一点。

尝到了甜头，一直陆续买入，只要有闲钱就买入。一路买一路跌，9元买入的爱建股份最后跌到3元。投入股市的资金已经缩水三分之二，失去希望了。

这时有人开始抱怨中国的股市不规范，愤然离场，发誓再也不介入股市了。因为我从书中知道，美国在1929年大萧条时期，股市也跌得非常惨。为什么要抱怨市场呢？市场波动不正是说明有机会赚钱吗？应该从自身找原因才对，我决定从基础开始学习。

恰在那时候，书店出现了大量西方有关经济、投资、金融等方面英文版的影印书籍。选择英文版著名的书籍，潜下心来读书。

从投资学开始，购买了英文第5版的《投资学》（《INVESTMENTS》）。该书1058页，我竟然把它给啃完了，还作了一些习题，弄懂了一个问题：收益率。

购买了英文版第9版的《金融学》（《FINANCE》），该书664页，读完后，弄懂了货币是如何生成的，也就是M1、M2的问题。

最难读的是经济学，购买的是英文第16版的《经济学》（《ECONOMICS》），该书作者萨缪尔森是1972年诺贝尔经济学奖得主，是当代经济学泰斗。经济学是最苦涩难懂的。

一天晚上，正在啃读萨缪尔森的《经济学》，家里的电话响了。那时手机还没普及，只有老金花3万元人民币，配了一个大哥大。家里刚安上固定电话不久，是花5000元加急费，才安上的。只有公司和老家父母知道号码。

对方是老家的口音，说是唐自强，一时没想起来。提到五小队的县一中毕业生，想起来了，是顶替我去县一中后勤的唐自强，我们之间没有私人恩怨。

他说他来北京打工了，在世界公园北面的一个建筑工地，电话号码是跟我父亲要的。我邀他周六中午吃饭，他说工地没有周末，后来约定第二天晚上收工时，我来接他们吃饭。

第二天，我直接从公司开车去了工地，工地紧挨着世界公园。在一个帆布帐篷里找到了唐自强，帐篷里的地铺上有十几张未叠的铺盖卷，是一个商品楼的建筑工地。

唐自强告诉我，他们一共来了4个人，都是架子工，是工地的首批农民工。我用车拉上4位老乡，在六圈路的一个餐馆吃晚饭，跟服务员要了啤酒。

唐自强身体非常强壮，脸色黝黑，也很健谈。他告诉我，他去的是县一中校办工厂，是临时工，不是正式职工。后来校办厂停办了，他就回家了。妻子是大杖子大队的，现在有两个孩子，老大女儿上初中一年级，老二儿子也已上小学三年级，不缺吃不缺穿，出来打工赚钱是为了给儿子盖房子娶媳妇。

当唐自强向老乡介绍我是兴隆沟李老师的儿子时，最年轻的老乡说话了，说他是我在大队当民办老师时，学校负责人的二儿子，他爸和我爸一样，也是单职工，妻子和孩子都是农民。

我说那我更应该请你吃饭了。饭后他们还要在餐馆喝一会儿酒，唠会儿嗑，我就开车先回家了。

在回家的路上，我突然发现这个商品楼的位置不错，小区前面是世界公园，四环边上。有世界公园交通一定没问题，应该是居住的好地方，何不在这买房呢。

调查后知道，这是丰台区城建建的商品楼，在手续上没有问题，国家为了防止发生烂尾楼，要在主体结构完成才允许正式销售。

有三种房型，90平米的2居室，110平米的3居室，135平米的3居室。110平米是国家指导性最大房型，对小于110平米的有优惠政策。

我还没准备好买房，主要是没钱。这时股市已转好，我买的爱建股份已涨过了买入价，但买房还是捉襟见肘。首付款的最低要求是20%，为了稳妥起见，我打算首付50%，贷款50%，购买110平米的房型，还可以享受国家优惠政策。

在烟台万华MDI调试现场，我和仪表科的王工聊起了想买房的事，王工的先生下海较早，是开办工厂的，刚住进新房。

她告诉我："李工啊，我们奋斗一辈子，就解决两个问题，一个是培养后代，一个给自己弄个窝。所以买房子一定要翘着脚买，要尽可能超出购买能力购买，在可能的情况下买最好的，这样你不会后悔。"

回京后，我立刻签订了135平米房型的房屋的购买合同。因为担心大房型不好卖，开发商把这种房型放在了小区的最好位置，只有一栋楼的3个楼门有这种房型，而这栋楼正对世界公园，窗前是树林子，不是楼房，也不是街道，这种房型有两个厕所，一个晒衣间，厅和2个卧室都在朝阳面。

这时，爱建股份已涨到20元，因为要付20%的首付款，被迫卖掉了。

这次又对了，爱建股份开始下跌，3年后又回到了一股3元，而我买的房子，当时3000元/平米，10年后市场价已是6万元/平米。小区北面建了总部基地，门口建起了大型购物中心，变成了丰台区的中心社区。

两次股市盈利都是在被迫情况下卖出的，如果能主动卖出，股市还是有利可图的。需要认真研究卖出的时机问题。这可以从全球五大资产泡沫事件中学到点东西。这些资产泡沫都有一个特征：由大众的贪婪而引起的疯狂。

1634年至1637年，荷兰"郁金香泡沫"。郁金香由于其稀缺性一度被视为是财富和荣誉的象征，由此引发大量市场投机行为，进而推高郁金香的市场价格。从1636年11月到1637年2月期间，郁金香的价格涨幅超过20倍。在价格高峰时，一株郁金香价格可以与一栋豪宅的价格划等号。但从1637年2月4日开始，市场突然崩溃，六个星期内，郁金香价格平均下跌了90%。

1719年，法国"密西西比股市泡沫"。18世纪，为解决政府债务危机，法国采用货币理论家杰约翰·劳提出的纸币供应计划。即成立一家银行来发行货币，并由密西西比公司保证银行信用，而密西西比公司又以美洲殖民地的金矿来做担保和抵押。作为交换条件，法国政府承诺密西西比公司在美洲殖民地25年的垄断经营权。在此背景下，密西西比公司的股价由500里弗尔上涨至15000里弗尔，涨幅超过20倍。但由于后来货币严重超发，再加上从路易斯安那州传来未发现金矿的消息，公众信心严重动摇，密西西比公司的股价又连续下跌至500里弗尔，跌幅超过95%。

1720年，英国"南海泡沫"。南海公司成立于1711年，被政府承诺所有英国政府与西班牙南美殖民地交易的垄断权。市场谣传公司在南美洲发现大量财富，投资者认为南海公司会重现东印度公司的辉煌，于是大量抢购南海公司的股票，公司股价飙升八倍多，从1720年2月的129英镑涨到6月的890英镑，但随后谣传破灭，股民热潮减退，股市出现崩溃，南海股价一度下跌，11月暴跌至135英磅，引发了严重的经济危机。

20世纪20年代，美国大萧条。当时美国经济发展迅速，世界贸易份额和资本输出位列世界前列。但繁荣背后，隐藏诸多潜在危机，比如社会贫富差距过大导致市场供需严重失衡。在虚假繁荣地驱使下，缺乏监管的银行鼓励人们超前消费，金融市场出现大量抵押房产去购买股票的投机行为，股票价格出现暴涨，以几倍于实际价格的价格买入抛出，股票证券市场出现过热现象，银行内部不良资产不断堆积。1929年10月24日，维持了18个月牛市的华尔街股票市场出现大崩盘，股票暴跌。

20世纪80年代，日本金融泡沫。1986年，为刺激本国经济增长，日本政府推出宽松的货币政策和财政政策，间接导致市场出现大量投机现象。日本股市和城市土地价值从1985年到1989年涨了3倍。 1989年12月29日，日本各项经济指标都达到了空前的最高水平，日经平均股价达到最高38957.44点。但在资产价格无法得到实业支撑下，日本经济开始走下坡路。市场投机者热情消退，股票和土地价格不断下降，泡沫经济开始破灭。1992年3月，日经平均股价跌破2万点，仅达到1989年最高点的一半；8月，进一步下跌到14000点左右。公司账面资本大面积亏损，出现严重负债情况。伴随日本宽松政策的结束，日本股票和土地价格的维持不复存在。

我们能否从中学到点什么呢？

股市波动是必然的，因为股票价格在一个连续的过程中持续上涨，这种价格的上涨使得人们产生价格会进一步上涨的预期，并不断吸引新的买入者入场，大众看到别人赚了钱，就会不顾一切地跑步入场，几近疯狂，聪明的投资者预期出现逆转，资金开始流出，股票价格开始连续下跌，市场情绪出现恐慌，卖出者不断抛售手中股票，价格出现暴跌，市场萎靡不振。

当然，波动绝不会如此简单，如何预测波动的方向呢？只有通过实战，也就是亲身经历，这需要在漫长的市场中耐心地磨练。至少要经过30年的市场磨练，到那时，如果能保证你在市场中不赔钱，你就可以留在市场中了。

太长了？不长！假设一个人30岁开始关注市场，并且极其少量的持有股票，经历着30年里的市场波动，60岁时你有可能成为投资赢家。多么好的事情啊！

我主动卖出股票是6年以后的事。

在住进有两个厕所的房子一年后，用逐步积累的钱以每股15元买入了歌华有线，一年后股价跌到8元，股价在8元附近横盘了近1年多，开始爬升，达到40元时，大量股民入场。

和我一起游泳的有位老先生，他大我5岁，刚把雅阁换成奥迪A6L，对股市行情兴高采烈。

"我让有金融博士学位的基金经理给我打工。"他对我说。

"我自己买卖股票。"我说。

一天，我刚停好车，他兴致勃勃的向我走来。

"我昨天又进账了一辆车！"他满脸笑容地说。

在游泳池里，我脑子里浮现出《股票大师回忆录》里的一段故事。故事主人公逐步购买玉米期货，已达100蒲式耳（1吨玉米=39.37蒲式耳），正愁着出货呢。一天早晨上班时，他发现市场最畅销的报纸头条刊登了投资大师已经购买了100蒲式耳的玉米期货，人们被该消息激起了购买玉米期货的欲望，他在开盘10分钟后就让别人拥有了他那100蒲式耳玉米期货。事后，他夫人去理发，理发师问她"你先生啥时候拉升玉米期货呀，我也买了些呢。"

下午我卖出了所有股票，买入了国债。

我告诉别人，在46元时卖出了歌华有线，一位满不在乎的股票持有人告诉我，她40元买入的，现在已50多元了。

几天后歌华有线达到最高值53.17元，然后一直下跌，2年后跌至一股9元。

8元买入，53.17元卖出该多好啊。事实上，买在最低点和卖在最高点是不成立的，应该满足于赚取中间60%至80%的收益。

大众的贪婪会使股价高出预期许多，同样，大众的恐慌会使股价跌出预期许多。只有在不受他人影响，独自做出买卖决定，你才有资格在股市投资。

盐湖钾肥项目是我们公司承接的金额最大的项目。项目经理李总，是83届毕业生，出身农民，我们有着共同语言。李总不但人长得帅气，而且有胆识，有魄力，能啃硬骨头。他在消化了一艘进口采盐船后，决定自己造船。我为李总的敢闯、敢干、敢承担责任的精神所折服，视他为柴达木盆地的雄鹰。

在国内，软件费用还不能被企业接受，不承认人工费，只认可硬件费用，在发达国家软件费用是硬件费用的三倍，流水线生产出来的东西就很便宜。

而硬件费用，外商报价是一样的，国内经销商竞相压低价格，使得像我们这样系统集成商的利润非常低，有时是白忙活，没有钱赚。

盐湖钾肥项目遇到同样的问题，硬件费用被压得很低，没有利润。但这个工程大，从罗克韦尔公司进口的设备就达人民币近千万元，不舍得丢，咋儿办呢。情急之下，我越过国内经销商，给美国罗克韦尔公司亚太地区总代表写了一封邮件，同事对我的英文文笔大加赞赏。邮件在阐述了我们所面临的困难后，提出10%折扣的请求。

总代表答复是，感恩节前收到合同预付款，他满足折扣10%的要求。美国公司是按订单生产，如果感恩节前合同生效，他们就能在圣诞节前完成设备生产。

冒着盐湖钾肥可能违约的风险，老金用合同做抵押，贷款支付了预付款。这一笔我们有了近100万元的毛收入，这是其他系统集成商不能比的，那是我从大学开始，在英语上用的功夫，首次换取的真金白银的收获。

同一年，李晓办好了去美国读博的手续，我把当年从德国回来存入银行的美元支了出来，看着存单上美元的数额，领悟了汇率变化产生的影响。

我们在德国的生活费支付的是马克。刚到德国时，3个马克换一个美元，3个月后，2.8个马克换一个美元，赶紧把马克换成美元。6个月后，2.5个马克换1个美元，第一年回国时已经2.2个马克换一个美元了，第二年回国时，1.8个马克换一个美元，我把所有马克换成美元，存进了银行。等到我支出美元时，欧元和美元1：1了。也就是说，与不换成美元相比，价值上损失二分之一，最多的部分损失了三分之二。

我经历的最后一个工程项目在罗布泊，是仿照柴达木盆地的盐湖钾肥，建设一座钾肥生产厂。这是一个老牌国有企业投资的项目。

从一开始，甲方就百般刁难，要不是我们在盐湖钾肥有成功的经验，根本就不可能谈成这个项目。在系统组装阶段，甲方派来了6人培训团，团长是电气科科长苟圣君。据说原来是上海总部电器设备采购科科员，提成科级后被派往现场的。

"我们住的招待所条件太差了。"培训的第一天，苟科长抱怨说。

"您单位报销标准高？"我不解地问。

"标准外，你们公司给补贴吗！"苟科长理直气壮。

征得老金同意，第二天给他们换到了3星级宾馆。

培训期间，苟科长除了一同去八达岭长城、颐和园、香山公园、故宫博物院、天坛公园游玩外，从没参加过培训。他只负责领导，不管技术。

在培训的第6天，老金接待甲方老总吃饭，我和所有参加培训的学员作陪。在餐桌上充分领略了苟科长的奴才相，在老总面前摇头晃尾，频繁敬酒，吹捧老总如何了不起。可以看得出，老总对苟科长非常赏识。

培训结束时，苟科长拿出了一张会议发票，是他们住的3星宾馆开给我们公司的。苟科长把他们在宾馆吃的饭费开成了会议费发票，票额超大。弄得老金也很皱眉头。

根据经验，当现场催你去调试，不用太急，离现场安装布线完成还早。在接到甲方通知，我公司派两位年轻工程师到现场，反馈的信息是，苟科长正在指挥手下接线，离满足调试条件还需要2周左右。

通常，我会到现场，把整个系统调试正常，交给公司其他工程师。鉴于对苟科长的不满，不打算去现场了。结果，不去不行，现场一天3次电话催促，说系统启动不了，甲方开始使用威胁语言。

去罗布泊要先到哈密。当时去新疆的火车有三种，普快、直快、特快。普快每一个火车站都停车，很慢，北京也没有始发车。直快停的车站相对少一些，到哈密也没有直达列车。只有一趟特快列车，北京始发，终点乌鲁木齐，该趟特快列车在哈密停车。购买了硬卧车票，乘车的第三天到达哈密。

从哈密去罗布泊没有公共交通，因为没有人烟。甲方隔一天有一趟往返交通车，先一天去，第二天回。到哈密的第二天，刚好有去罗布泊的车。

车行驶在戈壁滩，路是自然形成的。中间停车方便的时候，司机从车上提下一小塑料桶水，把水浇在周围仅有的一棵榆树根部，该棵树只有大拇指粗，司机每两天浇一次水。司机的行为深深地感动了我，这也许就是人类对植物的真挚感情。地球上一切有生命的东西都依赖植物。

到罗布泊的第二天，我先来到甲方电气科。电气科办公场所十分气派，每人都配备现代化的办公桌，高靠背旋转老板椅，每人一台IBM电脑。

到现场要小面包车接送，我随公司先派去的两位工程师一起坐车到达现场。进入中控室就傻眼了，里面除了我们提供的操作台，就是木板搭的凳子。

过一会儿，苟科长坐着桑塔纳，带着3位手下来了。

"怎么才来，耽误了调试，你们负不了责任，这可是国家重大工程。"苟科长劈头盖脸就是一顿。

"你们接线就耽误了1个多月。"我们的人毫不示弱。

我立即阻止了我们的工程师。心想要不是项目需要，遇到这种人我躲远远的。

苟科长留下3个手下，坐车回去了。3个手下在那儿有点隔岸观火的意思，看热闹。

控制系统很简单，主要控制液压阀，由液压阀的开度来控制管路液体的流动。PLC发出指令，控制管路的液压阀就是不动作。

花一天工夫，对PLC系统进行全面检查，没能发现问题。第二天，仍然一筹莫展。第三天，决定检查控制信号是否到达液压阀，发现液压阀端的信号线的正负极接反了。按常理，信号线正负极接反，应该烧毁PLC的输出模板，相反却烧毁了液压阀控制单元。液压阀厂家是一家苏联老大哥帮助建设的老企业，没改革开放以前，是有名的大厂。

又检查了3个液压阀后，我有了结论，由于正负极接反，烧毁了液压阀的控制单元，与我们的控制系统没关系。

"不乐观啊！"在重新确认我们的图纸没问题后，我发出了感叹。

找到了原因，心情放松了许多，有时间欣赏罗布泊的天空。

白天，罗布泊的天空万里无云，湛蓝湛蓝的。晚上，我独自一人在罗布泊的戈壁滩上散步，漫天的繁星好像就在你身边，地球本来就是星空的一份子，只有这时才感觉到自己和地球一起，融入了星空，星星是那么近，是如此的繁多。真想永久地停在那里，不舍得离开。

回到招待所，一进门，甲方老总坐在那里。

"你们调试损坏了那么多液压阀，应该谈谈赔偿的事了。"老总一脸严肃。

"还没反应到您那里呀，是线接反了，PLC没烧毁很万幸啊！"我感到很惊愕。

"哦，那我明天派人查一下，接线的问题与你们没关系。"老总愣了一会儿，回答我说。

"问题查清楚了，没啥事我就回去了。"我强行和老总告别。

在招待所的门口，我望着老总的背影叹道："您欣赏的人会坏事的！"

第二天，我坐上了返回哈密的车。我非常留恋罗布泊的星空，但我厌烦那里的人。

回京的火车票成了大难题。要想买到卧铺或座位票必须是始发站，且需提前预定。在哈密只能买无座位票，上车等座位了。

特快列车，都买的远程票，在哈密没有下车的，车不开门，持票旅客扒车窗上车。在两位车上旅客的帮助下，我勉强爬进车厢，赶紧挪开地方，不能挡在拉自己上车的好人中间。

车厢过道挤得满满的，转身都很困难。看到有人躺在座位下面，觉得是个好办法。因为时间还很漫长，最好的情况也要熬到兰州才可能有座。我也顾不得许多，找到一个座位底下是空的，就躺了下去。必须仰卧着，头朝里，用两只小腿支着，一点点的往里蹭。不能翻身，就像鲁迅说的，未敢翻身已碰头。眯上眼睛，回忆着自己做工程师的经历，还真是有点厌倦了，慢慢地睡着了。

一阵喧闹声惊醒了熟睡的我，前额被撞在座位下面的横梁上，才意识到自己睡在火车的座位下面。我一点点从座位底下蹭出来，看到右后方靠窗户座位上的中年男子被打得满脸是血，塞在鼻孔里的纸已经染成了红色。

原来，在旅客熟睡的时候，车厢里进来3个小伙子，逐一掏摸挂在衣钩上衣服的衣兜，主要是找钱。被打的乘客当时还没睡着，提醒不要掏别人衣兜。3个小伙当时没动手，离开一会儿返回，掐住多嘴的乘客开打，直到被打乘客连喊："服了，服了。"3个小伙才扬长而去。

大伙盼来了乘警。乘警告诉我们，他们也没办法，这些无赖都是兰州铁路局有头有脸的人的孩子，火车上抓了，到兰州铁路局派出所就放了，弄得他们里外不好做人。

被打乘客眯上眼睛，准备入睡了。看来也是位见过世面的人，知道在应该认怂的时候认怂。

兰州站没等着座位，西安站也没等到座位，直到郑州好不容易有了座位。出了北京西站，坐上出租车，到家时已筋疲力尽，倒下就睡了。第二天晌午醒来，发现外面下着小雨。

听着窗外淅淅沥沥的秋雨，望着还没被秋风吹落，留在树枝上的零星的树叶。抚摸着自己已退到头顶的发际线，不觉得一阵心酸。那个仰卧在山坡的石头上，看着空中漂浮的白云，幻想山外世界的放羊娃已老矣，一晃到了退休年龄。

李晓获取美国大学博士学位同年，我办理了退休手续。4年后，有了孙女、孙子。儿子没用再洗尿布，因为有了尿不湿，这与他有没有出息没关系，是社会出息了。

退休后，我给自己换了一辆奥迪A6L私家轿车，给玉华也换了一辆红色马自达M6。人家蒂耶曼夫人开的是红色跑车，咱没那水平，来个样子差不多的。闲暇时间，开始补读应该在20岁前就要读的《资治通鉴》，10本中的第一本最难啃，也是中国历史最重要的部分——战国。读了一年多，刚开始几页读了十几遍，整本读了3遍，其余9本就好懂多了。如果在20岁前，我有机会读完该书，我的一生也许大有不同，可能会有所建树。

人，首先应该成为政治家，或者叫政客，其次应该成为企业家，或者叫商人，如果都不胜任，也许可以当个实干家。

贫穷是资本，书是靠山，多读书，读好书。

在大学同专业同学的拾趣群里，认识了很多学校时没有来得及认识的同学。我们专业当年6个班，240人，拾趣群是个大群，群里有100多人，目标是退休后要组织100次拾趣活动，本人力争当一位积极的拾趣成员。

后记：水调歌头·拾趣

才赏古北美，

又享坝上醉，

塞外草原驰骋，

极目浩瀚舒。

遍游壮丽河山，

醉赏美妙人间，

百团战犹酣。

鬓白耍轻狂，

夕阳别样红。

怀壮志，

聚东工，

同窗读。

四十余载过去，
弹指一挥间。
奋进峥嵘岁月，
丹心神州振兴，
凯歌拾趣团。
吾辈笑古贤，
拾趣胜婵娟。